LE ROMAN DE PAULINE

Calixthe Beyala est née en 1961 au Cameroun. À dix-sept ans, elle arrive en France et suit des études de lettres et de gestion. En 1987, elle publie son premier roman, *C'est le soleil qui m'a brûlée.* Elle a depuis obtenu le Grand Prix littéraire de l'Afrique noire pour *Maman a un amant*, le Grand Prix du roman de l'Académie française pour *Les Honneurs perdus* et le Grand Prix de l'Unicef pour *La Petite Fille du réverbère*. Outre sa carrière d'écrivain, elle milite auprès de nombreuses associations pour la reconnaissance des minorités, le développement de la francophonie et la lutte contre le sida. Calixthe Beyala a été faite chevalier des Arts et des Lettres.

Paru dans Le Livre de Poche :

LES ARBRES EN PARLENT ENCORE

FEMME NUE, FEMME NOIRE

L'HOMME QUI M'OFFRAIT LE CIEL

LA PLANTATION

CALIXTHE BEYALA

Le Roman de Pauline

ROMAN

ALBIN MICHEL

© Éditions Albin Michel, 2009.
ISBN : 978-2-253-16023-6 – 1re publication LGF

1

J'allais sur mes huit ans lorsque Fabien, de deux ans mon aîné, me brisa la mâchoire d'un coup de poing. Je pleurai beaucoup, saignai autant. Mais maman qui savait que la vie avait plus d'un mauvais tour dans son sac, me dit : « C'est pas grave, Pauline. Sois forte. » Une fois la douleur passée, ma gencive cicatrisée, elle ne se soucia pas de savoir si les difficultés que j'éprouvais à mastiquer les aliments allaient avoir des conséquences sur ma santé. Ce n'était pas bien grave du moment que je pouvais me nourrir convenablement.

J'évoluais dans un monde où rien n'était grave. Les étés succédaient aux hivers et Sarkozy rêvait d'anéantir toute opposition en France. Il y avait tant de fils barbelés autour de notre amour filial qu'à la maison il était aussi dangereux de se dire « je t'aime », que de se jeter du haut d'un immeuble de douze étages. Mais ce n'était pas grave du moment que l'on continuait à vivre ensemble, bof !

À douze ans, j'ai remarqué que j'avais une jambe plus longue que l'autre, je n'en parlai à personne, consciente que toute faiblesse me mènerait à ma perte. Je cachais mon handicap en traînant les pieds, en m'appuyant aux portes, aux murs, pour ne jamais me tenir droite. Cette manière de me déplacer agaçait maman :

— Mais qu'est-ce que t'as à te tenir comme une pute ? me demandait-elle, furieuse.

— Je me tiens comme je veux, rétorquais-je. Où est le problème, hein ?

Et ce n'était pas un problème, juste un balancement très sensuel des hanches que les autres filles m'enviaient. Il poussa Nicolas à vomir son cœur et à le déposer à mes pieds.

— Je te jure qu'en dehors de huit ou neuf autres filles avant toi, je n'ai jamais dit à personne d'autre que je l'aime. Je t'aime, m'aimes-tu ?

De son côté, mon frère Fabien serra les dents lorsque, de la lame d'un couteau, je lui fis une vilaine balafre dans la paume de la main. Il saigna beaucoup mais, une fois le pansement mis, il s'assit devant la télévision, regarda de grosses bagnoles appartenant à des chanteurs-gangsters qui friment, parce qu'autour d'eux des putes en bikini dansent.

Mais ce matin, alors que nous petit-déjeunions, mon frère s'est mis à chercher des raisons qui expliquent que notre famille n'est pas aussi parfaite que celle de *La Petite Maison dans la prairie.* La biscotte que j'avais trempée dans le chocolat s'est affaissée sur la table. Je l'ai ramassée avec mes doigts.

— T'es dégoûtante, m'a dit Fabien en retroussant les lèvres.

— Et toi, t'es appétissant, ai-je rétorqué en fixant les gros boutons sur son visage.

— Ne me cherche pas, a-t-il dit, menaçant.

— Si ça ne dépendait que de moi, tu ne serais pas né. De là à te chercher…

— Silence ! a grésillé la voix enfumée de maman. J'ai besoin de repos, vu ?

J'ai murmuré à l'oreille de Fabien que c'était la faute de maman si nous avions des problèmes familiaux, qu'elle a un vice caché qui l'a empêchée de nous transmettre des gènes qui stimulent l'épanouissement de l'être, l'envie d'aimer la vie et d'aimer sa famille. Mais Fabien a dit que c'est grand-mère la responsable, qu'elle avait tant méprisé maman, qu'elle l'avait tant maltraitée, que celle-ci n'a pas eu d'autre choix que de détester la terre entière pour survivre.

— De toute façon, ils sont tous tarés dans cette famille, ai-je dit.

— C'est pas systématique l'hérédité, a fait mon frère. Paraît que ça peut sauter deux ou trois générations. Quand on est conscient d'où elle vient, on ne peut qu'admirer notre mère.

— Tu serais pas amoureux de la vieille, toi ? Tu perds ta logique lorsqu'il s'agit d'elle. Tu ferais mieux de te faire psychanalyser, mon vieux.

La famille de ma mère ne compte ni général dans sa lignée ni ministre. Il n'y a aucun médecin de campagne dont on peut vanter l'action humanitaire, ni d'avocat qui aurait sauvé de la prison un sans-papiers payant pourtant ses impôts depuis trente ans. À moins de se rabattre sur papa qui vient du Mali où l'on peut raconter qu'on est le descendant d'un roi mandingue, notre arbre généalogique n'a rien de reluisant. De père en fils, on habite Fort-Mardyck, une petite bourgade du nord de la France. Les femmes cultivent des bouts de terrain et élèvent des poules ; les hommes travaillent chez Usinor, se saoulent au bar du coin et rouspètent contre la pollution engendrée par leur gagne-pain. On y vote communiste parce qu'on déteste les riches et on joue au Loto, au tiercé quinté plus, parce qu'on aspire à devenir riche. Et, comme il n'y a rien à faire, on conçoit des enfants sans affection.

— Malgré tout ce que tu dis pour la défendre, maman est coupable à mes yeux et sur toute la ligne, ai-je insisté. Qu'est-ce qu'elle avait à choisir des nases comme compagnons, hein ? Il y a des tas d'hommes riches, beaux et prévenants à travers le monde qu'elle aurait pu épouser.

— Notre père était un grand avocat qui a réussi ses études de droit à une époque où les Noirs de France étaient tous balayeurs, a protesté Fabien. Maman a été formidable avec lui. C'est elle qui a payé ses études, tu sais ?

— De mieux en mieux, payer ses études à un mec, et quoi encore ! Un de ses problèmes c'est qu'elle a toujours eu des hommes qui bouffaient son salaire. C'est pas normal.

— C'est normal. Elle avait dix ans de plus que lui, et puis, elle l'aimait, ils s'aimaient…

Les yeux de mon frère ont divagué vers le mur. Dans ces moments-là, je me tais et on change de conversation. J'avais un an à la mort de papa et je ne peux pas dire que je m'en souvienne. Fabien a toujours les yeux qui débordent de larmes lorsqu'on aborde le sujet. C'était un Africain qui venait du Mali. Maman le rencontra un soir qu'elle prenait le métro à la gare du Nord. Elle lui proposa de l'héberger et Fabien naquit six ans plus tard. Notre père mourut d'une hépatite un an après ma naissance. Il paraît que dans sa famille les hommes meurent jeunes et les femmes portent le veuvage en jetant des cauris, en buvant du thé entre copines et en faisant d'autres enfants. Il m'a peu manqué, à Fabien beaucoup, je crois. Il se souvenait bien de lui et, parfois, il se réfugiait dans sa chambre et sanglotait. Dans ces moments-là, je préférais disparaître et le laisser avec ses fantômes.

Je suis entrée dans la salle de bains où se trouve déjà maman. Toute debout devant la glace, elle contemple ses fesses, elle soupèse ses seins. Elle semble très satisfaite de son image, ce qui m'étonne, car ses chairs qui débordent n'ont rien d'attrayant. Je me suis brossé les dents sans lui adresser la parole, puis je suis retournée dans la cuisine en faisant résonner mes Adidas.

— Une femme doit garder son argent pour élever ses enfants, j'ai lancé à mon frère. À partir de là, moi je dis que maman est une irresponsable.

— Mais qu'est-ce qui te prend ce matin, Pauline ? a demandé Fabien, furieux. Maman a été victime des circonstances atténuantes de la vie.

— Tu veux me dire qu'elle a inconsciemment abandonné nos trois frères à l'Assistance publique ?

— Elle n'a jamais voulu abandonner personne, Pauline. C'est l'État qui a décidé de la soulager, c'est tout.

— Tu veux me dire qu'une femme qui est capable de faire cinq enfants à cinq hommes différents ne sait pas ce qu'elle fait ?

— À quatre hommes seulement, dit-il. Nous avons le même père, nous.

Comme nous sommes devenus trop vieux pour régler ce différend par une belle bagarre, j'ai revêtu mon anorak et nous sommes allés consulter Jamot, l'assistante sociale.

Nous avons traversé l'avenue Jean-Lolive juste à l'endroit où se situait le premier salon de beauté de maman, à l'intérieur d'un atelier de confection. Je me souviens que la cabine était si petite qu'il y avait juste un portemanteau et un fauteuil. Ses premières clientes furent deux putes arabes qu'on retrouva noyées dans la Seine. Maman leur avait conseillé d'être prudentes avec leur maquereau, M. Hachim, dont l'épouse était également la propriétaire de l'atelier. Elles avaient cru bon de le menacer : « On va te dénoncer à la police si tu persistes à nous prendre la moitié de ce qu'on gagne ! » Maman n'eut plus qu'à assister à leur enterrement.

Mme Jamot n'était pas d'humeur à écouter nos récriminations.

— Mais qu'est-ce que ça peut faire, qui est responsable de quoi ! s'est-elle exclamée. L'important, c'est votre avenir, mes enfants. Mais pourquoi êtes-vous là ? Il y a école aujourd'hui.

— Ah oui ? a demandé Fabien, moqueur.

— Cela fait trois semaines que l'école a commencé. Vous n'allez pas me dire que vous n'y avez pas encore mis les pieds.

— Qu'est-ce que ça peut vous faire du moment qu'on est inscrits jusqu'à seize ans révolus ? a demandé Fabien. Qu'on y aille ou qu'on y aille pas, ça change pas grand-chose. Puis, c'est la troisième fois que je fais ma quatrième, j'en ai ma claque.

— Venez, a dit Mme Jamot. Je vous accompagne à l'école.

— C'est sans moi, a dit Fabien. J'irai l'année prochaine.

J'ai mis ma main sur ma bouche pour ne pas éclater de rire. L'assistante sociale m'a regardée, agacée.

— Qu'est-ce qu'il y a de si drôle, Pauline ? Je peux le savoir ?

— C'est parce que vous ne comprenez rien, a dit mon frère.

— Alors, expliquez-moi.

On ne lui avait jamais parlé de certaines choses. Des choses décousues, oui. C'était étrange de penser que nous étions sous sa responsabilité mais qu'elle ignorait tant de choses. Elle pouvait écrire au juge pour enfants, nous faire quitter notre maman, sans vraiment savoir ce que nous vivions. J'étais certaine que si quelqu'un savait tout sur nous, de l'époque où nous étions tout petits jusqu'à aujourd'hui, alors peut-être nous pourrions expliquer. Mais expliquer quoi ? Ça n'avait plus vraiment de sens. J'allais avoir quatorze ans. Ce n'est plus l'âge où l'on se raconte des histoires.

— Il n'y a rien à dire, madame, a fait mon frère.

— Allez ouste, a-t-elle dit en ramassant son sac. Tout le monde à l'école.

— Attendez..., ai-je balbutié. J'ai des maux d'estomac. Je ne suis pas en état de suivre des cours.

— Est-ce que tu sais qu'il y a un âge pour croire à ses mensonges, Pauline ? Tu l'as dépassé depuis belle lurette.

— Il n'y a pas de mensonges, madame. Il n'y a que des arrangements avec la vie.

— Fin de la partie, a-t-elle dit. Maintenant, à l'école.

Mon frère nous a faussé compagnie dès la sortie du bureau et j'ai attendu Mme Jamot parce que j'avais pitié d'elle. Qu'est-ce qu'elle avait à vouloir toujours réparer les autres ? J'ai regardé les poils décolorés autour de ses lèvres roses et ses cheveux blonds aux racines noires. J'ai essayé d'imaginer les bras d'un homme autour de son maigre corps, mais je n'y suis pas arrivée. Pour s'occuper des autres, il faut sans doute ne pas avoir une vie personnelle.

Je l'ai suivie, non sans appréhension. Cela faisait si longtemps que je n'avais pas mis les pieds dans un établissement scolaire. J'ai tenté de lui faire comprendre que cette école était sinistre, mais elle m'a assuré que plus on avance dans la connaissance, plus on aime la connaissance, qu'elle aussi détestait l'école, mais qu'à partir du lycée, le programme change, les études deviennent passionnantes. Elle m'a parlé des dissertations historiques, des dissertations philosophiques, des dissertations littéraires.

— Tu verras, Pauline. Tu ne t'ennuieras pas.

J'ai compté mentalement le nombre d'années qu'il me restait avant la seconde. J'ai pensé que je n'aurais pas la patience d'attendre quatre ans. J'ai du mal à croire que ces années de collège, durant lesquelles je suis obligée d'ingurgiter tout et n'importe quoi, pourraient déboucher sur quelque chose de bon pour moi et m'apporter la liberté, le bien-être et la passion nécessaires à mon épanouissement.

2

Quand je suis venue au monde, à Paris, la porte de Pantin était déjà ce qu'elle est encore aujourd'hui, un endroit où les ambitions, comme les illuminations de Noël, tiennent dans une main. Par temps de pluie, ses rues semblent endormies. Son église en briques est si délabrée qu'elle penche vers la place du Marché et le marché lui-même est silencieux : des colonies de chats s'y déplacent sans émettre le moindre bruit ; des hommes y font des messes basses et seuls les mouvements de leurs bouches donnent à penser qu'ils bavardent. Il y fait le même temps qu'à Paris, et curieusement, on ne s'y presse pas pour fuir les vents froids. Ses habitants relèvent leur col, c'est tout. Il y a bien sûr trois magasins spécialisés dans l'habillement, mais à force de voir les mêmes vêtements portés par les mêmes mannequins efflanqués, on n'y traîne pas pour faire du lèche-vitrines. Les étés y sont chauds, mais on ne transpire pas vraiment. Des fleurs poussent le long de la chaussée sans réussir à sortir les gens de la nostalgie, car à Pantin, les vrais héros n'existent pas. Les people dont on utilise les gueules pour nous faire acheter des choses dont on n'a pas besoin y sont plus crédibles que les politiques, parce qu'on se désintéresse de leurs plans banlieues et autres décisions qu'ils prennent sans nous consulter pour se faire élire. Pas de héros sans espoir ou l'inverse, je n'en sais rien. Pourtant, le prix de l'immobilier ne cesse d'y grimper et on murmure dans les cafés qu'un jour, nous deviendrons le vingt et unième arrondissement de Paris. Cette idée nous laisse perplexes.

Je cheminais à côté de mon assistante sociale, j'en étais fière, c'était une fraction de la République rien que pour moi, quelqu'un payé juste pour s'occuper de moi, c'était aussi jouissif que de posséder un jet personnel ou de gifler une bourgeoise habillée en Chanel.

C'est alors qu'on a vu venir en sens inverse ma mère, avec ses bourrelets jusqu'au menton, ses cheveux blonds qu'elle a rejetés dans son dos, et dans le soleil levant sa peau paraissait translucide. J'ai senti un vent glacial souffler dans notre direction tandis qu'elle s'approchait. Heureusement, l'odeur de la spéciale dinde que dégageait le restaurant *À la perle noire chicken-chikka*, en a détourné les effets négatifs.

— Bonjour, madame Moundimbé, s'est hasardée l'assistante sociale en esquissant un sourire.

— Bonjour ? a demandé maman en s'arrêtant pile devant Mme Jamot. Comment voulez-vous que j'aie des bonnes journées quand vous vous immiscez dans ma vie et m'empêchez d'éduquer correctement mes enfants ?

— Mais…

— Oh, fermez-la ! Je me tue à longueur de journée pour les nourrir, les habiller, les loger et, malgré ça, vous leur mettez des idées pourries dans la tête. Vous me faites convoquer par le juge pour enfants pour consigner juridiquement que je suis une mauvaise mère.

— Mais…

— Mais quoi ? Vous faites votre métier, hein, pouffiasse, c'est ce que vous voulez dire ? Que voulez-vous démontrer aujourd'hui ? Que je suis incapable d'amener ma propre fille à l'école ? Salope, va ! Je vous le dis, moi : si mes enfants ratent leur vie, c'est de votre faute.

— Viens, Pauline, m'a dit l'assistante sociale. Tu vas être drôlement en retard.

— Elle n'est pas méchante, ai-je dit en la suivant.

— Je sais.

— Elle a eu trop de tracasseries dans la vie. N'importe qui aurait pété les plombs à sa place. C'est pas facile les familles recomposées, vous comprenez ?

J'ai toujours défendu ma mère auprès des étrangers. Je n'autorise personne à la critiquer. Il m'appartient à moi, et à moi seule, de faire des réflexions sur sa conduite. Mme Jamot sait que pour gagner ma confiance, donc justifier son pain, il ne faut pas qu'elle dise un mot de trop sur maman. Nous avons cheminé en silence et Pantin portait son visage mou des jours ordinaires. Arrivées à la hauteur de l'école, nous avons ralenti et elle m'a expliqué longuement qu'à cause de notre comportement délictueux, elle avait rencontré beaucoup de difficultés pour nous faire accepter par le collège du quartier, que pendant les cours je devais me taire pour ne pas perturber la classe, ni commettre des actes qui pourraient conduire le principal à me renvoyer.

— Ma mère…

— Laisse ta mère là où elle est, Pauline, et pense à toi. Ce n'est ni en t'opposant à elle ni en voulant la défendre que tu t'en sortiras… Et si t'as le moindre problème, passe me voir.

Dès que je suis entrée dans ma classe, des cris de joie m'ont accueillie. La prof de français m'a regardée avec appréhension, puis elle m'a suivie des yeux jusqu'à ce que je m'asseye.

Mademoiselle Mathilde a vingt-huit ans, de beaux cheveux roux et les joues aussi roses que ses ongles. Ce jour-là, elle portait des chaussures noires à talons hauts et une robe en jersey qui moulait ses fesses. Elle a l'air et l'odeur d'une orchidée blanche, mais des yeux de tiers-mondiste. Elle croit que les femmes devraient être présidentes de la République sans se poser la question de savoir pourquoi c'est un homme et non une femme qui a découvert la pénicilline, ou pourquoi c'est un homme et non une femme qui le premier a marché sur la Lune. Elle habite Pantin porte de Paris au-dessus de la pharmacie, un deux-pièces qu'elle loue à Mme Maris. Tout se sait à Pantin, surtout quand un étranger s'y installe, qui plus est une rousse qui fait tourner la tête aux mâles du quartier. Fabien, après l'avoir vue pour la première fois, a fantasmé sur elle des nuits entières, puis, comme les grands rêves tout autant que les énormes chagrins s'oublient vite, il l'a oubliée.

Mademoiselle Mathilde était en train de demander si nous avions apporté les *Contes* de Perrault et si nous les avions lus. Tout le monde savait de quoi il retournait, car la plupart des élèves redoublaient.

Elle m'a désignée pour lire à haute voix, sans doute parce que j'avais l'air bien élevée. Il y avait des mots compliqués que je tentais de déchiffrer, mais ma langue trébuchait. Un mince sillon s'est creusé entre ses sourcils. Elle m'a interrompue et m'a considérée avec une réelle animosité.

— Pauline, il me semble qu'on n'est pas au CP, je me trompe ? Comment as-tu fait pour te retrouver en sixième sans maîtriser la lecture ?

— C'est grâce au système, madame. Tout le monde peut aller jusqu'en troisième sans en foutre une ramée.

— Ah oui ? Pas dans mes cours. Il n'est pas question que j'accepte dans ma classe une élève qui ne sait pas lire. Je veux rencontrer tes parents.

— Mon père est mort.

— Et ta mère ? Que fait-elle ? Elle pourrait tout de même t'apprendre à lire !

— Elle ? Elle ne m'a jamais rien enseigné, mademoiselle. Elle n'a pas le temps. Le soir, elle est si fatiguée qu'elle a juste la force d'avaler un Findus devant la télévision.

— Dans ce cas, je te mettrai en contact avec l'association « Lecture pour tous ». Ils t'aideront.

— Mais il n'y a pas de honte à ne pas savoir lire, mademoiselle, ai-je dit, humiliée. On n'a pas besoin de savoir cultiver le shit pour fumer du hasch.

— Mais tu es en échec scolaire, Pauline, a dit la prof, outrée.

— L'échec n'est pas mortel... Et c'est peut-être même pas une maladie, alors !

La classe s'est esclaffée et certains ont battu des pieds pour acclamer mon bon sens. Mademoiselle

Mathilde était si stupéfaite qu'elle n'a pas ouvert la bouche. On se serait mis à chanter « Allons au pénis pénis au pénitencier pour voir le cul le cul le curé du village », si la silhouette de Mme Moineau ne s'était encadrée dans la porte. Elle est CPE dans ce collège depuis des lustres et connaît chacun par son prénom. Elle a mis ses mains sur ses énormes hanches et a calmé le tintamarre.

— Mais qu'est-ce que c'est ce bordel ? Si j'entends encore le moindre bruit, toute la classe sera collée. Mademoiselle, ayez un peu plus d'autorité sur vos élèves !

Heureusement que mademoiselle Mathilde n'a pas eu à vérifier plus avant combien d'entre nous savaient lire. La sonnerie de la fin des cours a retenti. Elle nous a regardés sortir en nous bousculant, a rangé ses livres dans un cartable, puis s'est laissée tomber sur sa chaise. Des larmes ont roulé sur ses joues. Si elle avait été plus gentille avec moi, je lui aurais expliqué que, confrontés aux contingences quotidiennes, la plupart d'entre nous étaient allergiques à la littérature. Mais tant pis ! Elle a l'année scolaire pour s'en rendre compte.

Lou, une fille de la classe, est revenue sur ses pas. Rien qu'à son visage, on voit qu'elle vit dans une maison bien rangée, qu'elle joue à portée de voix de sa mère et qu'elle en a assez d'une telle privation de liberté. Ses jeans sont toujours repassés et ses ongles manucurés. Sa mère est peut-être convaincue que sa fille travaillera vêtue d'un tailleur rose dans un bureau de poste. Elle veut en une génération d'immigrés faire concurrence aux vieilles familles françaises qui éduquent leurs filles depuis des siècles à être des superbes putes pour mâles de la haute finance. Lou a trois ans de moins que moi, mais elle a déjà lu tant de livres qu'elle fait tout de travers. Elle parle comme une bibliothèque et un jour elle a déconcerté les élèves en arrivant en classe vêtue d'une djellaba et enrubannée comme un khalife. Elle a expliqué que les Arabes sont les meilleurs mathématiciens et les plus grands physiciens du monde, qu'en s'habillant comme eux toutes leurs connaissances s'accumuleront dans son crâne. Je lui ai rétorqué que si c'était vrai, les Arabes seraient les plus forts du monde, qu'ils auraient décrété les droits universels de l'homme arabe et auraient colonisé les autres peuples. Elle m'a répondu qu'ils avaient découvert plus de choses que les Blancs, qu'ils avaient inventé le chiffre zéro, l'algèbre, l'astronomie et écrit les *Mille et Une Nuits*. « Que serait devenu le monde sans eux, Pauline ? Dans quel état vivrions-nous ? » Puis, elle a ajouté : « Il faut se débarrasser de ses préjugés pour avancer dans la vie. »

Lou a posé une main sur l'épaule de mademoiselle Mathilde.

— Ne vous inquiétez pas, mademoiselle... Ils jouent aux durs mais ils ne sont pas bien méchants. Et puis je suis là... J'aime bien la littérature, moi.

Quelle lèche-cul, ai-je pensé tandis que des couleurs revenaient sur le visage de mademoiselle Mathilde. Elle lui a souri :

— T'es quelqu'un de bien, Lou. Merci.

Pendant la récréation, les élèves se sont rassemblés autour de moi. Ils étaient interloqués de me voir à l'école après une si longue absence, d'autant que je n'avais fourni aucun justificatif ou certificat médical.

— C'est parce que t'as peur qu'on mette ta mère en prison ? m'a demandé Mina, une négresse aussi noire que l'on peut l'être, avec des reflets cuivrés et un nez d'Indienne, tout droit. Il paraît que c'est ce que fait le gouvernement dans le cas où les parents ne veillent pas à la scolarité de leurs enfants.

— C'est des conneries, ai-je dit. On a été convoqués plusieurs fois chez le juge. Il nous a menacés et il s'en est tenu là.

— Pourquoi ?

— Quelle question stupide ! a dit Michel Karsfeld. Pauline est une Moundimbé.

À Pantin, on vit comme dans un village. On s'espionne réciproquement derrière les fenêtres, si bien qu'on ne s'étonne jamais des comportements des uns et des autres. On a des idées arrêtées et des affirmations définitives sur chaque famille. On sait que les Renaud fourguent du haschich mais qu'ils ne sont pas assez cons pour en consommer ; qu'il faut surveiller son sac lorsqu'un Moussa approche ; on n'accepte jamais de faire crédit aux Pernot, cette bande de poivrots dont le père boit le salaire avant qu'il ne tombe ; que si Mohamed est homosexuel, c'est parce qu'un de ses oncles l'a été avant lui, qu'ils ont la dépravation dans leurs gènes. Quant à ma famille, on affirme qu'on est des psychopathes et qu'un de ces jours on va assassiner Dieu seul sait qui. Mais au fil du temps, j'ai refusé cette théorie, préférant adopter celle de Mme Jamot. Elle ne croit pas à l'hérédité et prétend qu'on trouve de bons grains même dans un sac de maïs pourri.

— C'est parce que le juge n'a plus envie d'envoyer des gens en prison, ai-je dit. Il paraît que les magistrats deviennent fous, à force. Les fantômes des prisonniers viennent les hanter. Ils ne peuvent plus dormir sans faire de cauchemars. Tu vois le tableau ?

— T'es sûre que c'est pas parce qu'il a peur de ta famille, Pauline ? a insisté Mina.

Je sais que Mina est une fille enceinte, mais respectable, qui ne veut aucun problème avec personne. Tout ce qu'elle cherche au monde, c'est à trouver des terrains d'entente parfaite. Elle ne parle que des belles choses comme l'amour. « Ah, l'amour, le grand amour, qu'est-ce que ça peut faire mal ! » a-t-elle coutume de s'écrier. Mais là, j'ai peur que sa réflexion ne me rende vulnérable, alors j'ai dit :

— Répète ce que tu viens de dire et je te fais sortir ton bébé par le nez. Nous ne sommes pas des sauvages, vu ?

— Ne te fâche pas, Pauline, a dit précipitamment Michel Karsfeld. Mina est une gentille fille. Elle croit tout simplement que, dans certains cas, les juges pensent qu'il vaut mieux faire une entorse à la loi. Dans le cas de ma famille, on nous a supprimé les allocs. J'ai été bien obligé de revenir à l'école.

— Ma mère ne se laisserait pas faire, ai-je dit.

— Tu vois que j'avais raison.

— Et qu'est-ce qu'on fait de ses journées quand on ne va pas en classe ? a demandé Lou. Parce que moi, tu vois, j'aurais peur de m'ennuyer, si je n'étais pas en classe.

— Des tas des choses, ai-je répondu, mystérieuse.

— Quoi par exemple ?

— Rien qui puisse intéresser une lèche-bottes comme toi, ai-je fait, les poings serrés.

J'ai marché sur elle pour la chasser, la frapper, lui tirer les cheveux, mais Karsfeld a attrapé ma main.

— Gaspille pas ton énergie avec cette mauviette. Viens, on va se griller une clope.

Nous sommes allés dans le jardin qui jouxte l'école. Il semble si calme que tout étranger qui traverse ses allées bordées de plantes croit que les événements qui détraquent le monde se sont arrêtés à la porte de Pantin. Des oiseaux nichent dans les arbres et attendent un signal invisible pour chanter en chœur. Des feuilles frémissent sous la brise. Des enfants habillés de délicates couleurs pastel jouent dans des bacs à sable sous les regards attentifs de leurs mamans. Je n'ai jamais compris pourquoi les femmes de Pantin se tartinent de fond de teint mais ne se rougissent pas les lèvres. Tout au plus portent-elles un brillant et un vernis naturel sur les ongles. Elles sont sagement assises sur des bancs et leurs visages éclairés d'un sourire donnent à croire qu'elles ont trouvé le bonheur.

Nous sommes passés entre les frondaisons sans faire de bruit et nous nous sommes dirigés vers notre refuge au fond du jardin. D'autres collégiens se roulaient déjà des joints et s'il vous prend de demander à ces gosses : « Que comptez-vous faire l'année prochaine ? » ils vous répondent : « Arrêter de fumer. » Fabien et Nicolas étaient assis au pied d'un arbre, laissant une douce torpeur les envahir.

Mon fiancé Nicolas n'est pas tout à fait comme les autres Noirs, mais s'acharne à le devenir. Il a grandi trop vite et à dix-sept ans, il se demande toujours à quoi servent les racines carrées. Il a la taille d'un joueur de basket-ball et porte hiver comme été un jean large aux bas enflés. Il est si mal dégrossi qu'il répond aux petites annonces du style : « Devenez milliardaire grâce à l'amulette porte your life » ou : « Attirez la chance grâce à la potion magique du Dr Mamadou. » Il croit que la compagnie de mon frère le débarrassera de ce qu'il nomme « la vulnérabilité de l'homme noir ». Il dit à qui veut l'entendre qu'un Noir doit être dur, inflexible, ruser et damer le pion à tout le monde pour voir un peu clair dans sa vie. Il voue une telle admiration à mon frère que cet été il m'a demandé de l'épouser rien que pour s'en rapprocher. Il s'était agenouillé devant moi et s'était exprimé en ces termes :

— Veux-tu devenir ma femme, Pauline, supporter mes infidélités et mes sautes d'humeur comme une digne épouse, jusqu'à ce que la mort nous sépare ?

— Je t'aime, je t'aime, Nicolas, avais-je entendu quelqu'un crier, mais c'était moi.

Il m'avait embrassée sur la joue, puis dit d'un ton débonnaire :

— Je suppose que ta réponse, c'est oui.

— Absolument.

Depuis, il est habilité à me négliger, à m'insulter ou à me coincer dans des postures impossibles sur des canapés, des banquettes de Macdo, dans tous ces endroits tachés de bouffe et de sperme, jusqu'au jour où il m'a coincée dans sa chambre, coincée pour de bon.

— Pourquoi continuer d'attendre le mariage, m'a-t-il dit. C'est sûr qu'on va se marier, pas vrai ?

J'ai essayé tous les stratagèmes pour qu'il me dise à nouveau « je t'aime ». Sans succès. Je m'en suis ouverte à Fabien qui m'a confié que les sentiments d'un homme sont quelque part bloqués dans ses glandes sudoripares ou sur un pétale de ses iris. C'est pour cela qu'il lui est plus facile de gifler une nana que de lui dire je t'aime, plus facile de la violer que de lui dire je t'aime, plus facile d'aller lui cueillir des étoiles que de lui dire je t'aime. Que la seule chose importante pour une femme, c'est qu'après le travail son mari lui claque les fesses en demandant : « Qu'est-ce qu'on mange ce soir, bébé ? »

J'ai remercié Fabien de m'avoir donné quelques éclaircissements sur l'expression sentimentale d'un homme et j'ai abandonné l'idée de passer des moments tendres avec Nicolas. De toute manière, il préfère mon frère. Tous deux s'imaginent qu'après avoir dépouillé les jeunes de leurs portables, arraché leurs sacs à des mamies, chipé les portefeuilles de quelques hommes d'affaires, ils vont se dorer le cul au soleil en passant à travers les mailles du système. « Bosser jusqu'à soixante ans pour des couillons qui vous expédient à la retraite pour que vous mouriez sans gêner personne, jamais ! » ont-ils coutume de dire. Ils gaspillent leurs journées à faire des projets pour gagner beaucoup d'argent. Il leur arrive quelquefois de demander mon aide. Mais je me tiens à l'écart de leurs plans les plus tordus, je ne veux pas finir à Fleury-Mérogis.

Nicolas et Fabien sont assis au pied d'un arbre. On voit à leur mine qu'ils ne sont pas tout antennes, tout yeux, tout oreilles tant ils ont fumé de chanvre.

Mon fiancé m'a jeté un regard, puis l'a détourné, ce qui signifie qu'il est satisfait de mon look : mon jean ne moule pas trop mes fesses et mon décolleté ne laisse pas entrevoir mes seins. Il s'est levé avec une canette de Coca dans sa main, l'a écrasée petit à petit. J'ai pensé qu'il faisait très mâle ainsi et j'ai eu un frisson dans le dos.

Il m'a embrassée sur le front parce que c'est un endroit trop public pour m'embrasser sur la bouche. Puis il m'a demandé :

— Ça va *baby* ? afin que d'éventuels passants pensent qu'il est américain. Alors, tu vas maintenant à l'école ? a-t-il ajouté en riant.

— Oui, oui !

— T'es vraiment positive, toi... Tu serais capable d'investir en Palestine ! T'es tellement optimiste que tu mérites une ovulation... Ouais... ouais... Franchement.

Avec mon frère, ils se sont tchéqué les mains en éclatant de rire et s'il est une chose qui fiche en l'air la sensualité, c'est bien un gloussement. Après tout, certaines choses sont sacrées, sinon on ne leur aurait pas donné des noms aussi sophistiqués.

— Qu'est-ce qui vous fait marrer ainsi ? leur ai-je demandé d'un air innocent.

— Rien... vraiment..., a dit mon frère en gloussant de plus belle.

C'est à ce moment-là que j'ai compris que Fabien et moi nous nous éloignions définitivement l'un de l'autre.

— Tu peux me dire ce qui les amuse ? ai-je demandé à Michel.

— J'en sais rien, moi ! C'est des histoires de mecs, ma Pauline. Cherche pas à comprendre.

— Mais pourquoi il a parlé d'ovulation ?

— Peut-être qu'il voulait dire « ovation » ? Tu sais comme moi que ton amoureux n'est pas très en avance question vocabulaire.

Je suis demeurée perplexe car j'ignorais qu'un jour j'aurais à méditer sur le mot ovulation dans un jardin, entre les cris des gosses, les gazouillis des oiseaux et les crottes de chiens. J'y aurais réfléchi un jour, certes, mais après le mariage et dans un lit avec baldaquin et tendu de soie.

Finalement, ce vocable a fait son chemin dans mon esprit et une espèce de somnolence a commencé à s'infiltrer en moi. Je cambre mes reins, entortille mes cheveux autour de mes doigts. Je suis du regard un homme sur le trottoir d'en face. Il s'arrête, fouille ses poches, les yeux écarquillés. Ah, ça y est, il a retrouvé ses clefs. Béni soit le ciel ! Il ne dormira pas sur son paillasson, ouf ! Il inspire un bol d'air frais, allume une clope tout en marchant. Il tamponne une négresse. Sa cigarette voltige, puis s'écrase sur des feuilles mortes. « Je m'excuse, monsieur », dit la femme, et rien qu'à son accent on devine qu'elle travaille pour des vieux Blancs qui s'émerveillent souvent de ses tresses – « comment faites-vous ça ? C'est magnifique ! » – et se moquent de son français.

— On se la grille cette clope, oui ou non ? a demandé Michel. Faudra bientôt retourner en classe.

— Tu sais ce que je ne comprends pas ? C'est pourquoi les hommes sont excités par de jolies choses et qu'ils en font de pas belles du tout, si tu vois de quoi je veux parler.

— Parce que la méchanceté les empêche d'espérer, l'espoir mine. Le désespoir est tellement plus facile. Alors cette clope… ça vient ?

Il m'a fait signe de lui en filer une, j'ai haussé les épaules. Je ne voulais pas me montrer contrariante devant mon fiancé. En présence de Nicolas, je deviens tout autre, j'adopte des manières de fille de bonne famille, distante, patiente, pleine de bons sentiments. Je lui laisse croire que j'ai un certain retard culturel, que je crois aux anges gardiens, que je suis convaincue que Dieu s'occupe avec passion et compassion de chaque minuscule vie terrestre, ce qui est une impossibilité statistique. Je veux paraître de la bonne terre à ses yeux. Aucun fleuriste ne vend la rose avec la racine boueuse, n'est-ce pas ?

— Alors ? a souligné Michel.

— Chut ! ai-je dit en lui désignant Nicolas d'un mouvement de tête.

— Ah, les meufs, vous ne cesserez jamais de me surprendre.

— Qu'est-ce qu'elles ont fait les femmes ? a demandé Lou en apparaissant traîtreusement dans mon dos.

S'il est une chose au monde qui a un pouvoir destructeur potentiellement supérieur au vice, c'est bien la vertu. Cette fille en est l'incarnation. Je me suis mise à flipper pour finalement avoir froid à cause du vent qui commençait à souffler. Michel a murmuré quelque chose à son oreille. Elle m'a regardée, ahurie.

— Un homme ne mérite pas qu'on sacrifie ses idéaux pour lui ! s'est-elle exclamée. Ils ne valent pas un Tampax usagé.

— Comment peux-tu parler des hommes, toi ? lui ai-je demandé. T'en as jamais vu un de près.

— Ma mère m'a tout expliqué.

— Ta daronne ? Elle ne sait rien faire ta mère en dehors de racler la saleté avec le couteau à fromage.

— Je t'interdis d'utiliser certains vocables lorsque tu parles de ma mère, sinon…

— Sinon quoi ? est intervenu Nicolas, volant à mon secours.

Il a poussé Lou si violemment qu'elle est tombée.

— Arrête Nicolas, ai-je dit. Tu ne vas pas te salir les mains avec Lou qui ne dit que des bêtises. C'est la reine des conneries.

— C'est pas des conneries, Pauline, a souligné Lou. Maman m'a expliqué qu'il y avait trois actes dans les relations entre les hommes et les femmes. D'abord, un homme vous déclare qu'il vous aime, parce qu'il veut que vous acceptiez d'avoir des rapports sexuels avec lui. Dès que vous y consentez, il dit qu'il couche avec vous, parce qu'il veut vous aider à supporter le lourd fardeau de la vie. Enfin, il vous baise parce qu'il a pitié de vous, tu piges ?

Nicolas était tellement furieux qu'il l'a attrapée par les cheveux et l'a tirée si violemment qu'elle est tombée.

— T'approche plus de ma fiancée, t'entends ? Salope !

Puis il l'a relâchée avec la même violence. Lou est restée hagarde comme quelqu'un qui a trop bu. Je l'ai aidée à se relever, à enlever les feuilles mortes sur ses vêtements. Ses yeux se sont embués de larmes.

— Pourquoi personne ne m'aime, Pauline ? a-t-elle gémi. Ils ne font que m'enquiquiner, pourquoi ?

Que c'est joli ça, « enquiquiner », ai-je pensé. C'est vraiment chou comme tout. « Enquiquiner ». Il faudrait que j'utilise ce mot. « Faire chier » est vulgaire, grossier, ça fait langage de rue, mais « enquiquiner » est imagé, distingué, élégant, on se croirait dans un téléfilm en costumes

— Pourquoi personne ne m'aime, Pauline ? a-t-elle répété.

— Parce qu'on te respecte, dis-je. On ne peut pas aimer ce qu'on respecte. C'est le cas de Dieu.

— T'en es sûre, Pauline ? Il y a peut-être bien autre chose.

Je n'ai pas envie de lui expliquer qu'il y a en banlieue une manière de se comporter et de parler qui donne son sens à la couleur de sa peau, à sa condition sociale, en deux comme en dix, je ne veux pas lui fournir les codes nécessaires pour qu'elle soit intégrée et considérée comme une des nôtres : une vraie Noire.

3

Les élèves dorment, leurs têtes posées sur les tables. Ceux qui sont éveillés bavardent ou expédient des rires qui crépitent entre les mots de notre professeur de mathématiques. Mais M. Denisot en a vu d'autres. Il a toujours les cheveux en bataille et des vestes chiffonnées qui lui donnent le courage de persévérer. Il enseigne dans notre collège depuis de longues années et, face aux élèves qui ne veulent pas étudier, il a fini par trouver dix synonymes au mot « fatalité ». Et comme l'humanité doit aller de l'avant, il continue d'enseigner, d'expliquer les fractions, les nombres entiers et autres périmètres qui n'intéressent que lui.

Une fine pluie s'est mise à bateler le sol. Je regarde par la fenêtre cette pluie dont les gouttelettes glissent sur la vitre. Mes lèvres sont desséchées, elles tiraillent tant que j'ai des morceaux de peau qui s'en détachent. J'aimerais bien sautiller sous la pluie, laisser l'eau dégouliner le long de mon corps, m'imbiber jusqu'à ce que tout devienne liquide et doux. J'ai sorti de mes poches des factures froissées de Macdo, des Kleenex usagés, des morceaux de chewing-gum ratatinés et quelques bâtons de rouge à lèvres sans capuchon que j'ai déposés sur mon pupitre. Je choisis un Labello, puis à tâtons je me repeins les lèvres.

— C'est un véritable scandale, hurle M. Denisot.

Il a crié si fort que les élèves endormis se sont réveillés en sursaut : « Qui a baisé qui, mon gars ? En pleine classe ? » Des types se lèvent et commencent à regarder dans les recoins pour dénicher le couple scandaleux qui dérespecte un lieu public.

— Pauline, hurle M. Denisot, nous ne sommes pas dans un salon de beauté. Si vous voulez vous maquiller, vous n'avez qu'à sortir.

— Mes lèvres sont desséchées, alors…

— Votre comportement empêche ceux qui ont envie de travailler de le faire dans la sérénité. Dehors.

— Moi ? Pourquoi moi ? J'ai pas dit un seul mot depuis que nous sommes entrés. Alors que les autres n'arrêtent pas de foutre le bordel. Vous ne m'aimez pas, n'est-ce pas ?

— Mes sentiments personnels n'ont rien à voir ici. Tout le monde bavarde, certes, mais personne ne s'est permis jusqu'à présent de se maquiller en plein cours.

— C'est quoi ce délire ?

— Ce délire signifie, très chère mademoiselle, que je dois traiter tous mes élèves de la même façon.

— Et si vous aviez tort monsieur ? a demandé Lou. Et si notre système était injustement juste ?

— Que voulez-vous dire, Lou ?

— Je veux dire que vous êtes injuste, car vous venez de nous faire perdre un temps précieux en essayant de ramener Pauline à l'ordre alors qu'elle est allergique au système. Vous feriez mieux de continuer d'enseigner à ceux qui sont là pour apprendre.

— Mais c'est mon devoir de m'adresser à tous.

— Je sais, monsieur… Mais dans certains cas, il convient de faire une entorse au devoir. C'est ma mère qui me l'a dit. Elle affirme que les hommes ne naissent pas égaux. Que certains sont plus intelligents que d'autres. Que certains naissent avec de la chance, d'autres pas. Que certains sont riches et d'autres pauvres. Que certains sont doués de leurs mains et d'autres de véritables manchots, etc. La vraie égalité signifierait qu'on respecte les inégalités de la nature.

La classe a ovationné. Moi aussi, j'ai applaudi, même si je n'ai rien compris à son discours. Ces mots qu'elle a prononcés ont sonné agréablement à mes oreilles, c'est tout. Je me suis dit que cette gonzesse est comme Sarkozy, qu'elle ferait une bonne politique, qu'on est heureux de l'écouter même lorsqu'elle débite des bêtises.

Les épaules de M. Denisot ont ondulé. Il a ôté ses lunettes, les a essuyées avec un pan de sa veste avant de les rechausser. Lou a réussi à l'atteindre durement, mais j'ignore où. Il s'est assis, la tête baissée, et je n'ai pas pu voir ses yeux bleus très pâles. Je l'ai fixé entre les sourcils, là où les femmes hindoues ont une tache. Il a ouvert son livre de mathématiques et d'une voix très basse nous a demandé de faire les exercices de la page 43 pour le lendemain.

On n'a pas eu le temps de protester, des sirènes de police ont retenti, on s'est tous levés et on a vu Fabien et Nicolas emmenés par les flics, menottes aux poignets.

La rue miroitait comme un ruban d'huile. Il pleuvait. Je me suis dirigée vers le commissariat, j'aurais pu m'y rendre les yeux fermés tant j'ai l'habitude d'y aller faire des dépositions bidon et des faux témoignages pour sauver mon frère. Les policiers écoutent souvent mes mensonges sans protester, car ils sont conscients qu'il faut rechercher la vérité, mais qu'elle est une lame à double tranchant, donc pas forcément bonne à trouver. Des femmes ramenaient leurs petits à la maison pour le déjeuner ; des camions de livraison stationnaient où bon leur semblait ; des bus chargeaient et déchargeaient leur flot de passagers. Des adolescents au baggy presque aux chevilles s'interpellaient. Au feu rouge, des piétons traversaient l'avenue, j'ai fait comme eux et j'ai buté sur Mina au milieu de la chaussée.

— Je te croyais en classe ? ai-je dit en pouffant.
— Je suis fatiguée. J'ai besoin de repos. Et toi, où vas-tu ?
— Sauver mes hommes de la prison.

L'espace d'un cillement, j'ai vu dans ses yeux une lumière équivoque. Elle m'a accompagnée, parce que avoir dans sa vie un gangster est aussi prestigieux que d'entrer au *Rotary Club*. Mina n'a jamais eu cette chance. Elle n'a rencontré au cours de son existence que des futurs domestiques qui économiseront toute leur vie pour se payer un pavillon dont on les expropriera avant qu'ils aient liquidé leur crédit. Elle voulait profiter de cette opportunité pour vivre par procuration une aventure aussi dangereuse et fascinante que celle de la fille de la série américaine qui côtoie l'infâme *serial killer*.

Le commissariat se trouve rue du 8-Mai-1945. Je trouve absurde que l'on donne des dates comme noms de rues. Quelquefois, je m'imagine m'appeler

27 novembre 1994, jour de ma naissance. C'est ridicule, vraiment !

C'est une bâtisse rectangulaire flanquée d'une porte en verre qui vous donne illico la migraine. Des flics assis derrière leur comptoir notent le désarroi des gens. Ceux assis sur un long banc vert attendent leur tour pour déposer leur plainte ou tout simplement pour répondre aux convocations.

— Tu n'entres pas ? m'a demandé Mina en me voyant hésiter.

— J'en ai assez, ai-je dit soudain découragée, sans bien comprendre pourquoi.

Je suis restée sur le trottoir malgré la pluie. Des voitures de police passaient ; d'autres arrivaient en pétaradant. Des flics en descendaient en tirant des malfaiteurs à leur suite. Mina a posé ses mains sur mes épaules.

— De toute façon, ils vont s'en sortir, ai-je dit. Les flics ne peuvent rien jusqu'à leurs dix-huit ans révolus. C'est la loi. Et toi ?

— Moi quoi ?

— Tu penses cacher longtemps à tes parents que t'es enceinte ?

— Que veux-tu qu'ils fassent ? Certaine que ma maman le sait depuis toujours, elle l'a toujours su.

— Et une bonne musulmane comme elle ne t'a pas encore fichue à la porte ? T'es sûre que tu ne te trompes pas, et si elle ignorait tout ?

— Certaine qu'elle sait. Elle m'a dit l'autre jour alors que je l'aidais à faire le ménage : « Va te reposer, ma fille. Tu auras besoin de toutes tes forces. »

— C'est tout ?

— Une autre fois, alors que nous étions à table et que la vue de la sauce ngombo me donnait envie de vomir, elle m'a dit : « T'inquiète pas, c'est normal d'avoir des nausées dans certaines circonstances. Va te reposer. » De toute manière si ça tourne vinaigre, j'irai vivre dans un foyer pour jeunes mamans.

— T'aurais pu te faire avorter. Moi, j'aurais pas envie de m'encombrer avec un enfant.

— Je ne m'encombre pas, Pauline, je me construis. Il faut bien faire quelque chose de sa vie. Un enfant, c'est la vie.

— Tu n'as pas fait exprès de tomber enceinte tout de même ?

— Personne ne fait exprès, ça vient ou ça vient pas, c'est tout.

— Qu'en dit Jacob ? T'as demandé son avis avant de te laisser cloquer ?

— Il m'a dit qu'il n'est pas prêt, mais qu'on verra plus tard. Puis je m'en fous, il y a des assistantes sociales pour se soucier à notre place, parce qu'elles savent que ces enfants vont payer leur retraite.

Je commençais à grelotter. Je pensais à Nicolas et je grelottais. Je l'aime, je l'aime tant ! Je me sentais cernée par la marée de mes sentiments. Je n'osais imaginer un événement qui pourrait conduire à notre séparation. Il m'obsédait. C'était mon amour. Je nous imaginais vieillissant côte à côte au coin d'un feu de bois, racontant à nos petits-enfants émerveillés ses expériences de gangster. C'était si doux que j'ai eu envie d'être très vieille tout de suite, avec ma canne et mon arthrite, mes chèques vieillesse et mes bottines fourrées.

C'est alors qu'ils sont sortis du commissariat. Je me suis précipitée vers Nicolas. Il s'est dégagé si violemment que son baggy est tombé sur ses cuisses.

— Tu te crois dans un film porno, toi ?

J'étais rassurée : il m'aimait. Derrière la violence des hommes se cache leur tendresse.

4

Je suis arrivée devant notre immeuble, rue Lakanal, aussi trempée qu'une nouille. À travers les fenêtres, j'ai vu des lumières allumées et un curieux sentiment d'isolement m'a saisie. J'ai senti monter en moi une angoisse irrationnelle, l'étrange impression d'évoluer dans une dimension qui me portait inéluctablement vers l'horreur. Comme d'habitude, cela n'a duré qu'une seconde, j'ai respiré une fois en haut, une fois en bas, puis je me suis engouffrée dans le hall.

Mme Boudois, la concierge de notre immeuble, est aussi consciencieuse que méchante. Fabien et moi la haïssons. À chaque fois qu'elle nous voit passer, elle nous jette un regard à nous fendre le crâne et clame que nous sommes de futurs taulards, des alcooliques sur liste d'attente et des pédophiles en devenir. À maintes reprises, j'ai tenté d'établir avec elle des relations de bon voisinage : « Bonjour, madame Boudois. » Elle me foudroyait du regard. « On n'a pas élevé les cochons ensemble, petite peste, sale vérole ! » Puis elle expédiait un long filet de salive sur le sol.

Mme Boudois plisse ses paupières.

— T'es pas encore en maison de correction, petite

traînée ? a-t-elle crié. Je vais de ce pas téléphoner à l'assistante sociale.

— Mais... je n'ai rien fait.

— Arrête de mentir, sale petite perverse. Avec une maman comme la tienne, une fille ne peut faire que des abominations.

— C'est ça. Faites part et allez vous faire voir.

— Espèce de petite vérole. T'es plus mal élevée que la fille d'une femme de Pigalle.

Je me suis éloignée, poursuivie par ses anathèmes. Ma famille est moralement dégénérée ! Il faut nous enfermer dans un asile psychiatrique ! Nous sommes une plaie sociale ! Des psychopathes refoulés et bien d'autres choses encore que la décence m'oblige à taire.

Écœurée par ce flot d'insultes, je préfère affronter l'escalier sombre que d'attendre l'ascenseur. Je me mets à chanter « Crazy in Love », de Beyonce pour me revigorer. Je suis comme tout le monde, j'ai plus besoin de bénédictions que d'injures. Non pas qu'il y ait une grande différence entre les deux, puisque les deux surgissent de l'esprit humain. En réalité, je chante, alors que j'ai envie de faire pipi. Je ne pourrai pas atteindre le troisième étage sans pisser. Je me suis arrêtée entre deux étages et je me suis accroupie quand une voix au-dessus de ma tête m'a fait sursauter :

— T'as bu du thé, Pauline ? Le thé me fait toujours cet effet-là.

C'est le docteur Benssoussian, un homme maigre à la peau basanée, fragile et cassante comme une branche séchée, qui donne l'impression de n'avoir plus un gramme de graisse dans le corps. Il s'est au fil du temps rabougri dans ses fringues. Sa chemise en coton beige pendouille sur ses épaules, son pantalon tombe en accordéon sur ses chevilles et ses chaussures sont étrangement disproportionnées à moins qu'elles ne soient de deux pointures supérieures pour lui donner une meilleure aisance. Il est le seul médecin au monde à ne pas me terroriser, sans doute parce qu'il m'explique clairement pourquoi je tousse, pourquoi j'ai mal à la tête et quel traitement j'allais suivre. Il n'utilise pas les mots compliqués des docteurs. Ces mots sont aussi limpides et clairs que l'eau du robinet. Le flot des malades se déverse dans son cabinet dès l'aube et quelquefois jusque tard dans la nuit. Il raconte des blagues à ses patients pour les distraire. « Toute souffrance est relative », a-t-il coutume de dire.

— Que faites-vous assis dans l'obscurité, docteur ? je lui demande. Laissez-moi deviner : vous avez un chagrin d'amour ou un problème d'argent. Quand on est triste, c'est forcément à cause de l'une de ces deux choses.

— Je ne savais pas que tu philosophais.

— Moi, j'opte pour l'hypothèse un, car l'argent ne vous intéresse pas. C'est votre épouse qui vous a engueulé, n'est-ce pas docteur ?

Le docteur a haussé les sourcils et ses yeux bleus ont pailleté dans le noir.

— Tu n'aimes pas trop ma femme, hein, Pauline ?

Je me suis assise à côté de lui. Il sent un mélange de désinfectant et de quelque chose d'agréablement sucré.

— Je la vois depuis ma naissance et depuis quatorze ans, elle ne m'a dit qu'une phrase : « Ferme ta gueule, Pauline ! »

— Elle bougonne tout le temps, je le reconnais, mais elle n'est pas méchante.

— Alors, qu'est-ce que vous faites là, au lieu d'être chez vous ?

— Tu veux me psychanalyser ? demande-t-il en riant.

— Pas besoin aujourd'hui de chercher trop loin pour comprendre, docteur. Et puis, vous êtes marié depuis si longtemps que vous devez avoir le blues.

— C'est pas faux ce que tu racontes, ma petite Pauline. Mais on a trop banalisé le sexe, vois-tu... On sait plein de choses sur l'excitation, mais on a oublié le désir. Autrefois, les femmes mettaient des tas d'ornements, des jupons, des corsets et d'autres choses difficiles à défaire pour obliger les hommes à les imaginer, à les fantasmer, à les sublimer avant tout. Mais aujourd'hui, c'est vite consommé, vite terminé. On a oublié la sublimation.

— C'est ce que je dois dire à ma mère. Elle est convaincue que c'est de ma faute si Dieudonné s'est barré. Elle ne me l'a jamais pardonné, docteur. Elle m'en veut terriblement.

— C'est à elle-même qu'elle en veut, fillette. Pour l'instant, elle souffre et, un jour, elle va guérir. Les roses poussent en même temps que leurs épines. Les épines piquent et les feuilles des rosiers calment la douleur.

— Vous voulez dire que pour que ma mère guérisse, il faut que son type revienne, c'est ça ?

— Bonheur et souffrance vont ensemble, jeune fille. Elle tombera de nouveau amoureuse. Elle oubliera son chagrin.

— Si elle pouvait l'être de vous, docteur ! Maman vous aime bien. Puis ça serait chouette de vous avoir pour beau-père.

— Je suis marié et père, ma Pauline.

— Votre fils est grand et vous n'aimez pas votre femme.

— Qu'est-ce qui te fait dire ça, petite ?

Je regarde le plafond bas et épais comme un toit de prison. Comment lui avouer qu'à maintes reprises, en l'absence de sa femme, je l'ai surpris en train de faire entrer des filles chez lui ? C'est compliqué à faire ce genre de confidence, mais l'ingénuité des hommes me sidère. Quelle question tout de même ! Il n'est pas si difficile pour un vivant d'imaginer la vie d'un autre vivant, d'autant que nous vivons collés les uns aux autres dans ces boîtes à sardines.

— C'est mon petit doigt qui me l'a dit, docteur.

— Il ferait mieux ton petit doigt de te conseiller d'aller à l'école. T'auras de sérieux problèmes, si tu continues à glander comme tu le fais. Tu veux devenir une femme respectable, oui ou non ?

— Je n'y tiens pas particulièrement. D'ailleurs, je ne comprends pas grand-chose au monde. On parle de réussite, mais qu'est-ce que ça change que l'on réussisse ou que l'on rate ? Ça change pas le monde, docteur. On finit tous au cimetière.

— Sais-tu pourquoi l'homme a plus de grandeur que l'univers, Pauline ? C'est parce qu'il sait qu'il va mourir et c'est pour cette raison qu'il cherche à le dominer. Essaye de ne pas te laisser aller à la fatalité. Bon, il faut que je monte me reposer, dit le docteur en poussant un soupir désespéré. L'après-midi ne sera pas de tout repos.

Je grimpe les escaliers à sa suite, mais en réalité je me sens un peu morveuse. J'ai regardé beaucoup de séries télévisées comme *Sister sister*, où l'une des jumelles est si cancre qu'à la voir on a des crampes d'estomac. Ses échecs la conduisent à encore plus d'échecs, si bien qu'elle réagit de manière épidermique à toute suggestion de réussite. Ce personnage, entre autres, s'est immiscé en moi ou entre moi et mon double. Je l'assume.

Nous nous sommes séparés sur le palier. Il a fouillé dans ses poches et en a sorti des Kleenex.

— Je pense que j'ai oublié mes clefs, a-t-il murmuré.

Ses doigts ont hésité avant d'appuyer sur la sonnette. La porte s'est ouverte sur la silhouette de sa femme. Elle est en robe de chambre mais je jurerais qu'elle a un corset en dessous.

— J'attends des explications…, commence-t-elle. Je veux savoir comment tu as fait pour dormir dans un lit sans le défaire et sans froisser les draps.

— C'est pas le moment ni l'endroit pour me faire une scène, Sarah. J'ai du travail.

Le bruit de la porte qu'on claque s'est confondu avec la voix de son épouse :

— J'en ai marre, tu m'entends ? Depuis notre mariage, je suis la risée de tout le quartier, tant je suis cocue ! Parfaitement, oui ! Cocue !

— T'es vulgaire, ma chère. Je ne fais que baiser. C'est bon pour le cœur et tu le sais parfaitement.

— Tu devrais avoir honte à ton âge de courir les petites filles. Je divorce.

— Ton chantage ne changera rien à la situation, a répondu le docteur d'un ton négligé. T'en es responsable. Tu ne vas pas m'entraîner avec toi dans la vieillesse.

Puis ils se sont éloignés de la porte et mes oreilles ont perdu leurs traces.

Ma mère est issue d'une famille d'ouvriers qui considèrent le travail comme une qualité, mais ce qui est étonnant c'est qu'elle ne fait presque jamais le ménage. Notre appartement est un cataclysme. Les objets restent là où les lois de la physique les projettent. Les assiettes s'empilent dans l'évier et quand il n'y a en plus de propres, elle en rachète en carton. Sa chambre a l'air d'un musée rangé selon un rituel apocalyptique : des draps sales jonchent la tête du lit à baldaquin. Des feuilles d'imposition, des factures des années préhistoriques et autres paperasses jaunies s'entassent à l'autre versant. Au chevet, une lampe diffuse une lumière rouge comme dans un bordel. Il y a une vieille armoire en mûrier, mais ma maman utilise des sacs en plastique pour son rangement. Il y en a des verts remplis de robes, des petits bleus bourrés de slips, des moyens ballonnés de soutiens. Elle les installe çà et là, le long du couloir, sur le canapé et même dans la salle de bains. Un jour, j'ai eu la mauvaise idée de repasser ses habits et de les ranger. Puis, assise à l'ombre du travail accompli, j'ai attendu son retour. Elle a regardé autour d'elle comme si elle s'était perdue. « Où sont mes habits ? » a-t-elle demandé, surprise. D'une main tremblante, j'ai pris la sienne et l'ai entraînée dans sa chambre. « Voilà tes habits maman », ai-je dit, en ouvrant l'armoire.

Elle est restée silencieuse un moment, puis elle est allée dans la cuisine, a ressorti des sacs en plastique et y a rangé ses vêtements. C'est tout.

J'ai tiré les rideaux et collé mon nez sur la vitre. De là où je suis, j'ai une vue paranomique sur la maison d'en face. Comme d'habitude, je suis frappée par ses proportions. Il y a une vaste pièce blanche avec une bibliothèque aux rayonnages rouges. Un feu brûle dans l'âtre et les bûches fraîchement attisées crépitent. La maîtresse de maison a levé la tête, peut-être m'a-t-elle vue ? Je pense qu'il n'est pas juste d'avoir à la fois une belle maison, un mari et des enfants. Elle a tiré les rideaux.

Je me suis fait un peu de place sur le canapé plein de taches au milieu des fringues de ma mère et une sorte de contentement me tombe dessus. Je plane. Je suis heureuse. Je me sens rassurée comme si je venais de rencontrer le bonheur. C'est vraiment une sensation agréable. Parce que, si ma mère mourait, c'est moi qui hériterais de ses fringues. Je les plierais. Je les rangerais dans des placards selon la couleur et la forme : les pulls en haut, les tee-shirts et les slips en bas, les jupes et les pantalons suspendus à des tringles. Tout serait en ordre et je n'aurais qu'un geste à faire pour m'habiller comme je voudrais. À moins que la vache n'aille donner ses reliques à l'Armée du Salut, où des grandes bringues sèches de cœur se fendent d'un sourire pour mieux vous dépouiller. « Merci de votre générosité, madame. Ah, si tout le monde pouvait être comme vous ! » Tu parles.

J'ai allumé la télévision et à l'écran est apparu un homme noir à la tête de syndicaliste. Il parle en levant les bras au ciel, hurle comme si cela lui permettait de mieux se faire comprendre. Il raconte qu'après quatre siècles d'esclavage, de colonialisme et de néo-colonialisme, l'État français doit des réparations aux peuples bafoués. Il dit que nos arrière-arrière-grands-parents ont connu le pire des crimes commis par les Occidentaux, que l'heure des comptes a sonné. En face de lui, un Blanc aux lunettes cerclées d'or lui rétorque que pour qu'il y ait un acheteur, il faut qu'il existe un vendeur. Il accuse les Africains d'avoir eux-mêmes participé à la traite ! Qu'ils ont vendu leurs propres frères ! Qu'ils en ont profité ! Qu'il faudrait aussi demander aux Arabes de payer parce qu'ils ont été les premiers à faire subir des horreurs aux Africains. Le Noir le regarde avec hostilité. Il lui jette au visage qu'à force de ne pas vouloir reconnaître ces atrocités et les commémorer dignement, les jeunes des banlieues vont se rebeller. Qu'ils se transformeront en flammes meurtrières ! En tornades destructrices ! En Dieu vengeur ou justicier selon leur bon vouloir ! Je n'ai rien compris à ce que la fine fleur de la racaille banlieusarde venait faire là-dedans, mais j'en ai éprouvé une joie hargneuse, même si je n'en avais rien à branler. J'ai changé de chaîne.

Sur MTV, tout est clair au moins. Il y a là ce dont j'ai besoin, le profit, le prestige, tout ce qui amène les autres à nous envier, à renoncer à Dieu seul sait quelle partie de leur âme pour nous ressembler. Fifty Cent rappe dans une grosse bagnole avec des filles siliconées. C'est si chouette que j'en viens à penser que si le monde ressemblait à l'univers du rappeur, ça serait vraiment le paradis sur terre. J'aspire les clips. Je suis en harmonie parfaite avec moi-même, ce qui est un miracle, puisque dans la vraie vie on n'est pas censé être en harmonie.

Un bruit de clef dans la serrure annonce l'arrivée de mon frère, je sais que c'est lui, parce que ouvrir une porte est un acte personnel et que les membres d'une même famille le font de manière différente. Je me précipite dans la salle de bains, je me peigne et me passe du rouge sur les lèvres, on ne sait jamais, au cas où Nicolas serait en sa compagnie. « Être fiancée » est une lourde responsabilité, un vrai boulot exténuant et pas même récompensé. Il faut toujours être disponible, avoir l'air heureuse, être propre sur soi, ne pas tousser, ni cracher, ni renifler. Je me mouche bruyamment pour m'assurer que mes conduits nasaux ne me joueront pas un mauvais tour, je souris à l'image que m'expédie le miroir. Pas mal du tout, je dirais même adorable, oui, tout bonnement adorable. J'ai un assez beau visage, même s'il manque un peu de cohésion à cause de mon nez qui bifurque vers la droite. Mes dents sont magnifiques. Les garçons compliment souvent mes yeux en amande et j'ai une bouche aux lèvres si charnues qu'elles paraissent toujours prêtes à exploser.

Les deux hommes de ma vie sont affalés devant la télévision. Ils suivent un match de football les pieds posés sur la table basse. Ils boivent du Coca, lancent des cacahuètes en l'air qui échouent dans leurs bouches. Ils ponctuent chacune de leurs masticatications par des « Super ! Génial ! T'as vu cette passe, gars ? Non, vraiment fortiche, ce… Il mérite d'être Ballon d'or ! » C'est des grands supporters du Paris-Saint-

Germain et un jour que j'ai perturbé leur concentration, Fabien m'a secouée comme un prunier avant de me gifler.

Je me suis assise en face d'eux, les deux genoux rapprochés, les mains croisées sous mes seins, pâle de sollicitude. Un chercheur aurait pu se servir de ma posture pour écrire sur l'esthétique de la dévotion. Nicolas ne me regarde pas et je suis convaincue que moins il se soucie de ma personne, plus il m'aime.

Maman est revenue de son travail, harassée, pliant sous le poids des provisions qu'elle traîne. Le frigo déborde encore de sachets de jambon, de viande, de légumes congelés et toutes ces victuailles entassées se décomposent sans que personne songe à les cuisiner. Elle peut effectivement affirmer aux assistantes sociales qu'elle est une bonne mère. Qu'elle est prête à se faire supplicier pour nous. Que nous sommes juste remontés les uns contre les autres et qu'elle en ignore la raison. Je me propose de l'aider à ranger les provisions. Elle me repousse et parle toute seule :

— Qu'aurait-elle fait de sa vie si je ne l'avais pas ramassée dans le métro ? Elle est bien bonne, celle-là. Madame veut que j'augmente son salaire. Et pourquoi pas lui donner la gestion complète du salon et même le titre de propriété, hein ? Quelle ingratitude !

De près, maman fait penser à une actrice qui joue dans une pièce de Racine, mais dirigée par le metteur en scène de *Hair*. Je suis heureuse qu'elle s'en prenne à Maïmouna, son associée depuis vingt ans, dont elle se préoccupe plus que de moi. Elle embrasse Fabien, qu'est-ce qu'ils se ressemblent, le même front proéminent orné d'épais sourcils, des yeux tragiques en harmonie avec le nez aquilin, et il n'est pas difficile d'imaginer qu'en vieillissant mon frère aura le même embonpoint.

— On y va ? dit mon frère à Nicolas.

Le regard de mon fiancé s'attarde sur mes lèvres avant de se perdre le long de mes jambes. Je comprends qu'il a des urgences à satisfaire.

Je lui emboîte le pas vers la chambre de mon frère. Dans la semi-obscurité, je caresse ses cheveux cotonneux, me perds dans la profondeur de ses yeux liquides, tandis que ses grandes mains arrachent mon pantalon. Il me visite, m'écorche, me pétrit jusqu'à me transformer en une chose argileuse.

— C'est bon, hein, dis ? T'aimes ça, hein ?

Il veut que je lui rende grâce à n'en plus finir. Il souhaite que je gémisse. J'y suis bien obligée pour qu'il atteigne l'extase. Je feins le plaisir pour qu'il pense qu'il est un mâle. Je ne lui dis pas que ses caresses m'obligent ensuite à prendre un bain vaginal.

Maman est attablée dans la cuisine, dans sa robe de chambre mauve, les coudes posés sur la table, les doigts entrecroisés. Ses cheveux paillasson s'échappent de son chignon et son visage semble s'être affaissé sur lui-même comme une maison abandonnée effondrée dans la cave. La bouilloire sifflote et son couvercle tressaute sous la pression de la vapeur.

— Tu vas bien maman ? je lui demande perfidement. Tu as passé une bonne journée ?

— Quel type de journée veux-tu que je passe après ce que tu m'as fait ? Maintenant, il en a épousé une autre. C'est ce que tu voulais, n'est-ce pas ?

Sa voix s'étrangle, ses doigts attrapent une photo

froissée qu'elle regarde et des larmes coulent sur ses joues.

— Dieudonné s'est marié.

Dieudonné est l'ex-amant de maman. Il a vécu avec nous plusieurs années avant de disparaître dans la nature. C'était à l'époque où la police et les assistantes sociales ont décrété que maman était une mère indigne et qu'il avait une part de responsabilité dans la dislocation de notre identité ou quelque chose de ce genre. Aussi loin que je m'en souvienne, j'ai senti ses yeux de myope loucher vers moi. Ses mains aussi larges qu'épaisses s'agitaient lorsqu'il nous disait que nous n'étions que des ingrats, que nous n'avions aucune reconnaissance envers notre mère qui se tuait au travail pour nous nourrir, nous loger et nous blanchir. « Des méchants gosses ! hurlait-il. Vous êtes une vraie malchance pour une maman ! » Il passait son temps à nous obliger à aller à l'école alors qu'on détestait les études. Il traversait le quartier de long en large. « Avez-vous vu Pauline et Fabien ? » demandait-il à nos copains. Dès qu'il nous trouvait, il hurlait : « À la maison ! Vite ! Allez ! » Nous protestions, mécontents. Maman prenait sa défense, par facilité ou parce que, inconsciemment, elle souhaitait être une bonne mère.

Maman est triste parce qu'elle n'a jamais su garder un homme. Elle dit à qui veut l'entendre que c'est elle qui se lasse, tu parles ! Tout le monde sait qu'elle n'a jamais su comment garder un début d'homme, même pas son ombre. On se moque d'elle, on ricane dès qu'elle tourne le dos. C'est pourquoi maman est triste. Dieudonné a bien épousé une autre femme et cela démontre que c'est maman qui ne sait pas garder un homme. Elle est triste à en crever, mais comme chacun le sait, la tristesse s'enroule simplement autour des bonheurs passés. Mais comme ma maman ne sait pas étouffer les choses, elle se laisse étouffer par ses larmes. Je les regarde dégouliner le long de son visage où s'inscrivent cruellement des rides profondes comme les crevasses du Mali. Je m'assois en face d'elle, la bouilloire sifflote toujours et je pense à mon père mort treize ans plus tôt et je pleure aussi, parce que finalement, ma mère n'est pas comme les autres, elle ne peut pas s'empêcher de tout me dire, afin de m'éviter un chagrin.

— Pourquoi tu pleures, toi ? demande brusquement maman. Ne me fais pas croire que tu as de la compassion pour moi, que tu partages mon chagrin. Ah ça, c'est le comble ! Tu fous ma vie par terre et tu pleures ? Tiens, tiens… À moins que ce ne soit la joie qui te fait pleurer. Tu dois être heureuse maintenant que je suis définitivement malheureuse. Avoue.

— Mais non. Je t'aime. J'aimerais que tu sois heureuse.

— Tu mens ! T'as pas de cœur ! Hors de ma vue ! Allez, ouste… Dehors !

— Je fais ce que je veux, vu ? Je fais ce qui me plaît. Tu peux plus m'obliger à rien maintenant.

Elle me fixe de ses yeux verts aux éclats jaunes qui autrefois me fascinaient. Quand elle entrait, l'appartement entier était suspendu à sa respiration, aux cillements d'autorité de ses paupières et même la salle de bains portait l'odeur de sa souveraineté. Été comme hiver, elle se réveillait vers les cinq heures du matin, elle prenait la chatte dans ses bras et conversait avec elle d'une voix étouffée. Ensuite, elle préparait le café et du pain perdu qu'elle nous servait. Elle restait accoudée au rebord de la fenêtre jusqu'au moment où elle nous accompagnait à l'école. Puis, je ne sais pas pourquoi, elle a abandonné ces bonnes habitudes. Peut-être sous l'effet d'un cataclysme moral ou d'un chagrin d'amour ou d'un excès de passion pour Dieudonné ? Elle a viré à cent quatre-vingts degrés. Elle a reporté toute son affection sur son travail, ne s'est plus occupée de nous et nous a aimés à distance.

Pour la première fois, je soutiens son regard avec intensité pour lui faire comprendre que ses cheveux ont blanchi, qu'elle est devenue plus petite que nous, que d'une gifle, je pourrais lui briser les dents. Ses épaules se voûtent et elle baisse la tête. Ses paupières se gonflent à nouveau de larmes. Je lui tends une main qu'elle refuse de prendre.

— Je sors, dis-je.

— Prends tout ton temps. C'est cela... Ta vraie place est dans la rue.

— Telle mère, telle fille.

À ces mots, le visage de ma mère s'est élargi et sa peau est devenue toute rouge.

— Qu'est-ce que tu veux dire ? Que tu me ressembles ? Ah, la belle blague que voilà ! Mais tu ne me ressembles pas du tout. Ton frère, oui, pauvre diablesse. Mais regarde-toi, sale noiraude. Tu crois me ressembler ou tu veux me ressembler ? Je comprends enfin pourquoi tu m'as toujours tout piqué, mes sous-vêtements, mes bijoux, mes chaussures et même mon mec. Ah, ne joue pas les innocentes. Je t'ai bien vue cette nuit-là sur les cuisses de Dieudonné.

— Ce nase ? Tu crois que moi et ce bande-mou nous... nous... Mais t'es folle !

La gifle est partie et ma joue brûle. Des braises flambent dans mes yeux. J'attrape les deux mains de ma mère, la secoue, la secoue, la secoue.

— Noiraude, moi ? C'est moi que tu traites de noiraude ? Est-ce que tu l'aimais seulement mon père, hein, dis ?

Puis je la lâche. Elle titube, reprend sa place lourdement. La bouilloire siffle toujours et je pense que ma mère ressemble à un vieil éléphant qui cherche l'ombre d'un arbre pour reposer ses vertèbres. Je me penche vers elle, mes mains à plat sur la table.

— Je ne suis pas une mauvaise fille, maman. Je veux que tu t'enfonces ça définitivement dans le crâne. Ou que tu le croies. Je ne suis pas une sainte non plus, loin s'en faut. Mais la prochaine fois qu'il te prendra l'envie de me frapper, je ne te laisserai peut-être pas faire. Je suis ta fille, mais il se pourrait que je ne te laisse plus me corriger. Quant à ce connard de Dieudo, il serait le seul homme sur terre que je n'en voudrais pas.

5

Ma tête bourdonne et je ressens encore dans mes mains les démangeaisons qui m'ont donné envie de foutre mon poing sur la figure de ma mère avec toute l'ardeur dont je suis capable. Alors que je descends l'avenue Jean-Lolive. Je me sens vertueuse, n'est-ce pas ainsi que doit se comporter une fille digne de ce nom ? Se retenir. Contenir ses émotions. C'est bizarre, me dis-je en regardant les quelques étoiles qui pointent dans le ciel, où a-t-elle trouvé que je voulais faire l'amour avec Dieudonné ? Non, mais… C'est impossible. Quel sentiment doit éprouver une mère envers sa fille si elle pense que… hein ? Pourquoi, bordel, m'a-t-elle dit une chose pareille ?

Je m'aperçois que je marche en marmonnant et que les gens me regardent. Où peut bien être Mina ? J'ai envie de voir la seule personne au monde qui me prenne au sérieux. Ses yeux brillent lorsqu'elle écoute mes paroles et sa langue sait interpréter les bruits de mon cœur.

Au café *Le Départ* M. Massaoui me hèle. « Ça va, ma Pauline ? » me demande-t-il en clignant ses yeux rouges qu'il croit aphrodisiaques. Il est convaincu que les femmes ne demandent qu'à faire la danse du ventre pour exciter les hommes, faire la danse du ventre jusqu'à ce qu'une flamme les embrase tel un feu de brousse, faire la danse du ventre pour finir dans leur lit. « *Kahba, laïchtriii !* » murmurent ses clients. De l'autre côté de la rue, Mlle Goupandié tient son bar clandestin à même le trottoir. Elle va-et-vient, sert des bières *made in Cameroun* à des nègres assis en grappes sur des tabourets. Mais bon Dieu, où peut bien se trouver Mina ? Je ne vais quand même pas aller chez elle me coltiner sa famille de barges. Son père prie toute la sainte journée pour gagner au tiercé quinté plus ; son frère se prend pour Bob Marley et chante des nuits entières en agitant ses tresses tel un damné. Quant à sa mère, elle a une langue aussi affilée qu'un couteau de boucher, une langue capable d'un coup de vous laminer une réputation. À part ça, c'est une mère comme on les aime, possessive avec son fils et courbée sous le poids des travaux domestiques. Elle pense être la légataire de la sagesse universelle. Plus tard, à la naissance de son petit-fils, elle dira : « Je viens d'avoir un fils à cinquante-sept ans. Vous vous rendez compte ? C'est un miracle véritablement miraculeux. » Si Mina n'est pas là, j'irai voir Fouzia. Elle est un peu timbrée elle aussi, mais assez rigolote. Un homme joue du coude pour me dépasser, puis se retourne.

— Pourriez-vous m'indiquer...

— Attention, gars, dis-je d'une voix menaçante.

— Oh, oh, dit-il en poursuivant sa route, apeuré, et je comprends qu'il n'est pas de Pantin, parce qu'à Pantin, on n'a pas peur, on s'inquiète.

Tout à mon désir de retrouver Mina, je tamponne une femme venant en sens inverse.

— Pardon, dis-je instinctivement.

— Pauline ! s'exclame mademoiselle Mathilde. Mais que fais-tu dans la rue à cette heure ? demande-t-elle en regardant sa montre.

— Ma mère m'a envoyée faire des courses.

— Je vois, dit-elle, sceptique. Il faut que je te donne l'adresse de l'association « Lecture pour tous ». Attends un instant.

Pendant qu'elle fouille dans son sac à la recherche d'un stylo, son parfum chatouille mes narines. Elle a l'odeur d'un monde bien ordonné dans lequel on se refile des adresses de psys, d'acupuncteurs et spécialistes des troubles du comportement en tout genre.

— Tu me promets d'y aller ?

Je lui promets tout ce qu'elle veut. Que deviendrais-je si j'acceptais d'apprendre à lire ? Ces écrivains se prennent pour Dieu. Ils recréent le monde et veulent nous faire croire qu'on peut y trouver notre place, après on n'est plus pareil, on s'est fait avoir par leur bourrage de crâne. C'est contradictoire avec la vraie vie, ce qu'ils proposent. Mademoiselle Mathilde est dépressive, j'en suis convaincue. Seuls les dépressifs aiment s'occuper de la merde des autres parce que ça les empêche de penser qu'ils y sont jusqu'au cou.

Au restaurant *À la perle noire*, je vois Mina de dos, du moins ses petites tresses. D'autres filles du quartier sont là aussi à s'empiffrer de chicken-chikka tout en regardant la télévision.

— Hé, Mina, t'es planquée là alors que je te cherche...

— Chut !!!

Elle me fait signe de m'asseoir. Il me faut quelques minutes pour comprendre qu'un jeune Noir de six ans a été tué par balle. Il n'y a pas doute quant à l'identité du tueur, un flic blanc – quant au motif, une bavure policière.

Le temps que le journaliste passe à un autre sujet d'actualité, *La Perle noire* s'ébroue. Les corbeaux de la colère s'élèvent et tournoient au-dessus de nos têtes :

— Connerie, connerie ! C'est pas une bavure, mais de l'élimination planifiée ! Ces gens-là sont en quête de la race pure. Bavure, mon cul, oui ! C'est une stratégie fignolée par les Renseignements généraux pour détruire les Noirs. Accident, mes fesses, ouais ! C'est pas un accident. Il ne leur suffit pas qu'en Afrique ils nous arrachent nos matières premières, qu'ils aient mis en place des régimes sanguinaires, qu'ils nous persécutent avec leurs contrôles policiers, ils veulent maintenant nous faire disparaître de la surface de la terre.

— On va pas me dire que la balle a été téléguidée pour atteindre le petit assis tranquillement chez lui à regarder la télé, ai-je essayé de raisonner. C'est pas logique. Pas logique du tout.

— T'es d'une naïveté, ma Pauline, dit Mina. Comment tu peux te poser une telle question alors que ces gens sont capables de fabriquer des missiles téléguidés ? Une balle téléguidée, c'est encore plus facile à fabriquer. Certain qu'ils l'ont déjà inventée.

— Qu'est-ce qu'on fait ? demande Fouzia. On va pas rester là les bras croisés et les regarder nous exterminer ? Ce flic risque de ne rien prendre du tout comme taule, c'est moi qui vous le dis.

— Tu proposes quoi, toi ? dit Mina. Qu'on prenne l'Élysée d'assaut ?

— Et pourquoi pas ? crâne-t-elle.

— Faut avoir du courage pour poser un tel acte, ma chère. Les trouillardes, y en a à la pelle par ici.

— Tu veux dire quoi ? Que je n'ai pas le courage ? Que je suis une trouillarde, moi ?

— T'étais pas présente lorsque les filles du 93 devaient putscher le 94. Tu disparais à chaque fois qu'il y a une expédition punitive.

On s'excite, on devient méchant, vraiment très mauvais. Chacun soupçonne chacun de ne pas être prêt à tout pour sauver l'honneur des Noirs.

— Si vous n'arrêtez pas de vous engueuler, menace le propriétaire de *La Perle noire*, je flanque tout le monde dehors. Je veux pas de bagarre.

— OK, gars, lui dis-je en le regardant dans les yeux, parce que les yeux n'oublient pas, ne mentent pas, qu'ils rappellent des souvenirs plus vrais que nature.

Il comprend, c'est un homme sensible et intelligent. Il traficote mais n'a jamais volé la femme de quelqu'un. Il ne fait pas d'histoires, ne cafte pas aux flics pour s'attirer leur sympathie. Il ferme les yeux sur nos tractations. Nous le tenons, il le sait, nous le savons. Dans le feu des conversations, on a oublié qu'il est indécent de s'asseoir avec les mâles. Les garçons ont rejoint les filles. Même Nicolas est là. Il fait semblant de ne pas me voir, parce qu'il m'aime éperdument. On cause des humiliations qu'on a cru subir en renforçant nos témoignages des humiliations dont on croit avoir été témoins. On rit à gorge déployée des ruses inventées, des tons d'innocence adoptés et des marathons courus pour préserver nos vies ou ce qu'il en reste. On rit tous, sauf le propriétaire de *La Perle noire* qui nous écoute, penché en avant sur son comptoir, la bouche béante comme un idiot.

Nous quittons *La Perle noire* en traînant des pieds parce qu'on n'a rien à faire, qu'il fait nuit, qu'on ne sait pas comment exterminer ces salauds de racistes, que je ne veux pas affronter ma mère et porter le fardeau de ses sous-entendus trop lourd pour mes épaules. Rien de ce qui s'est passé n'est de ma responsabilité et je ne veux pas avoir à exister en fonction de ce qu'elle a dit. En dehors du fait qu'il nous obligeait à aller à l'école ou à rentrer à la maison alors qu'on n'y était pas disposés, Dieudonné a été plus qu'un père, un peu plus qu'un père... Il me chatouillait là, au-dessus du nombril, lorsque j'étais triste et j'éclatais de rire, où est le mal ? Il m'a offert ma première idiote de Barbie, ainsi que des vêtements à la mode, où est le mal ? Quelquefois, alors que nous étions seuls à la maison, il me prenait sur ses genoux, me caressait, là, là et là, où est le mal ? Un soir, une fulgurance m'a traversée et je me suis dit que s'il n'avait pas été le mari de ma mère, je l'aurais volontiers épousé, quel mal y a-t-il ?

— T'avais pas quelque chose d'urgent à me dire, toi ? me demande soudain Mina.

— Rien d'important. Je m'ennuyais, voilà.

— Rien que ça ?

— Ça et le fait que j'ai un peu secoué ma mère aujourd'hui.

— Ça, c'est une nouvelle. Qu'est-ce qu'elle t'a fait ?

— La même chose, ses vieilles histoires. Elle pense que c'est de ma faute si Dieudonné l'a quittée. Que j'ai séduit son type, rien de très reluisant.

— Et toi, tu penses quoi ?

— Je n'ai rien fait de mal, sauf d'aller à la police raconter qu'il se passait des choses bizarres chez nous. Je n'ai jamais demandé qu'il quitte le domicile familial.

— Peut-être qu'elle a mal pris que t'ailles à la police ?

— Peut-être que oui, peut-être que non.

— Vous êtes vraiment une drôle de famille. Tout le monde adore taper sur l'autre. C'est curieux, vraiment.

— C'est notre façon de nous aimer.

— Très drôle, miss.

— Alors, pourquoi tu ne ris pas ?

— J'en ris au-dedans. Parce que moi aussi, des fois, j'ai envie de frapper mon père lorsqu'il frappe ma mère, mais je sais que c'est pas musulman de frapper ses parents.

— Moi, je l'ai presque fait ce soir. Mon frère l'a déjà fait, mais il n'était pas fier après.

— N'y pense plus.

— C'est difficile. Il y a des choses que ma mère me dit et qui m'agressent.

— Oublie-les. Ne t'en pourris pas les tripes, miss. Nous sommes tous dans la même barque. On dirait qu'il y a comme un virus qui attaque les familles d'immigrés et les oblige à s'en prendre les uns aux autres, à se faire du mal, sans même comprendre pourquoi. Il faut que tu l'acceptes et si tu ne peux pas l'accepter, oublie.

— Mais maman est bien blanche et bien française.

— Ouais. Mais à force de nous fréquenter, le virus l'a peut-être attrapée.

— Elle est jalouse de moi, parce que Dieudonné s'occupait de moi. Il m'amenait au cinéma, au parc, à l'école, alors qu'elle voulait l'avoir pour elle toute seule. Elle a commencé à me traiter comme une rivale.

— Laisse-moi réfléchir.

Mina ferme les yeux et pose une main sur son menton, elle devient sérieuse et son visage prend l'expression figée d'une adulte.

— Je n'en sais rien, Pauline. Mais quoi qu'il en soit, n'y pense plus.

Nous avons traversé quelques rues mal éclairées jusqu'au *Sanctuaire*, une boîte de nuit clandestine tenue par Ousmane, un nègre charnu dont le talent à violer n'importe quel logiciel a contribué à asseoir sa réputation d'homme capable de désarçonner un taureau. C'est bien sûr une légende. Ce qui est certain, c'est que cet endroit bien à nous a remplacé les politiques, les professeurs, les éducateurs et les parents. Nous pouvons y laisser libre cours à nos élans schizophrènes, à nos louvoiements pervers et à nos désirs fissurés, sans que les adultes viennent nous conjurer d'être de braves toutous qui deviendront de bons citoyens bien intégrés.

Nicolas a laissé ses amis entrer et il m'a attendue. Mina ne s'est pas fait prier pour nous laisser en tête à tête. Il m'a attrapée par mon col de chemise, m'a tirée brutalement vers lui. J'ai fait comme la blonde des séries, je me suis abandonnée, le dos cassé de telle sorte que mes cheveux flottent dans le vent.

Il me saisit la gorge, il serre fort, fort, fort, je sens la mort battre sous mes tempes. Il pointe un doigt sous mon sein gauche.

— Si tu te conduis comme une salope devant tout le monde, je te bute.

Puis, aussi brusque qu'un changement de temps, il me donne un baiser sur la joue.

— T'inquiète, mon amour, je sais me tenir.

Il n'a pas à s'inquiéter parce que je l'ai aimé sans me demander est-ce qu'il est beau, est-ce qu'il est gentil, est-ce qu'il m'aime, est-ce qu'il est intelligent, est-ce qu'il est un bon coup, est-ce qu'il va me faire du bien à moi, rien de tout cela parce qu'il est Nicolas, un mâle capable de prendre possession d'une femme sans demander la permission à personne. Je la prends, je l'empoigne, je la bats, je la retourne, je la bats, je l'embrasse, je la casse, je la laboure, je l'ensemence, je la construis, je la détruis. Est-ce que vous comprenez ?

Sa colère est tombée, mais il a une violente érection. Il a saisi ses bourses entre ses mains.

— C'est pas le moment, a-t-il bégayé.

Il s'est écarté de moi. C'est à cet instant que j'ai entendu des pas de course venant à main droite. « Au voleur ! Au voleur ! » crie une voix de femme dans les ténèbres. Et voilà le chapardeur habillé en fille, boudiné dans un corsage transparent, qui passe. « Au voleur ! au voleur ! » Et voilà la détroussée qui passe, courant sur ses hautalons, se tordant les pieds sur le macadam. « Au voleur ! Au voleur ! » Je reconnais mademoiselle Mathilde qui, malgré sa mésaventure, ne manque pas de grandeur. Sa robe en jersey virevolte autour de ses mollets, sa chevelure tourbillonne avec panache dans le vent.

— Il y a un voleur ! je crie, avant de me lancer moi aussi à la poursuite du malfaiteur.

« Au voleur ! Au voleur ! » Nous rions, parce qu'on sait que courir derrière un voleur est une perte de temps, ça ne s'attrape jamais. Mademoiselle Mathilde s'est arrêtée, surprise sans doute de nous voir venir à son secours. Ses joues, pâles d'ordinaire, le paraissent davantage. Des larmes ont laissé des traces sur ses pommettes livides.

— Que fais-tu là, Pauline ? Demain, il y a école.

— Je prenais un peu l'air, mademoiselle. Mais vous feriez peut-être bien de penser à vous. Qui vous a volé quoi ?

— Oui, qui vous a volée, mademoiselle ? demande Mina.

— Une femme. Elle a arraché mon sac et elle a filé par là, dit-elle en nous montrant un dédale sombre.

L'instant d'après, une dizaine de jeunes forment une sinistre haie d'honneur autour de ma professeur. Des têtes de nègres, des têtes tressées de Blancs, des têtes d'Arabes boursouflées de locks parce que, lorsqu'on est perdu, il n'y a plus de notion de race, de « au nom du Christ », de « Terres saintes à sauver ». Mohamed peut bien aller se promener le cul en l'air, on n'a plus rien à perdre. Alors on laisse les adultes palabrer sur des sujets épineux, palabrer et violer, palabrer et tuer, palabrer et s'enfermer chacun dans le cercueil de sa foi.

— C'est dangereux de poursuivre un cambrioleur dans la nuit, mademoiselle, dit quelqu'un dans la foule.

— Ouais, je dis. Il pourrait vous arriver des malheurs. Vous feriez mieux de rentrer chez vous.

— Mais il y avait mes clefs dans mon sac. Je ne peux pas rentrer chez moi à moins de casser ma porte.

— Il y avait de l'argent dans votre sac ? demande Nicolas.

— Quelques euros.

— Il y a vraiment des tarés dans ce monde ! s'exclame mon fiancé. Arracher le sac d'une femme dans la rue, ça manque de classe, vraiment.

C'est alors que la maigre silhouette de Moussa est apparue magiquement devant nous, battant ses immenses cils et demandant d'une voix gentillette :

— Vous pourriez le reconnaître, je veux dire l'identifier ?

— Non, dit mademoiselle Mathilde. Ça s'est passé tellement vite.

— De toute façon, ça n'aurait servi à rien, fait Moussa. Les flics attrapent les délinquants, font leur cinéma, puis les relâchent. Il faut vraiment être un timbré pour l'ignorer. Vous feriez mieux de rentrer chez vous et d'oublier.

— Mais je n'ai pas mes clefs.

— Bon sang de bonsoir, Moussa ! dis-je en le tirant tout contre moi et en l'entraînant dans une valse tels des pingouins qui veulent se tenir chaud. Je lui murmure à l'oreille pour que les autres ne m'entendent pas : on ne fait pas ce genre de coup aux habitants du quartier. Maintenant rends-moi ces clefs. Sinon…

Sans laisser à Nicolas le temps de se fâcher, je suis revenue sur mes pas.

— Ça serait pas vos clefs, par hasard ? je demande en secouant un trousseau sous le nez de mademoiselle Mathilde.

— Où l'as-tu trouvé ?

— Par terre.

— Merci, Pauline. Je ne sais pas ce que j'aurais fait sans toi.

— Maintenant, rentrez chez vous.

Nicolas me regarde, il y a dans ses yeux un amour et une tendresse inouïs. Il a levé la main, je crois qu'il va me caresser, mais il me gifle.

— Comment oses-tu te mêler des affaires de mecs ? demande-t-il, furieux. Que je ne t'y reprenne pas.

J'ai couru derrière mademoiselle Mathilde en frottant ma joue tuméfiée. Mais qu'est-ce qui lui prend ?

— Reviens ici, sale petite pute de négresse ! crie Nicolas.

— Non ! J'en ai assez ! Puis je ne suis pas ta pute.

Une voiture de police a ralenti à notre niveau, Nicolas n'a pas crié : « bande de nœuds » ou « enculée de ta mère ». Il n'est pas assez fou pour les provoquer et se faire coffrer. J'ai eu un peu pitié de ces flics qui, malgré d'excellentes mesures de prévention, rentrent souvent à la caserne sans un délinquant à se mettre sous la dent.

— Qu'est-ce que tu fais là, Pauline ? me répète mademoiselle Mathilde en me voyant marcher à ses côtés.

— Je vous raccompagne chez vous, mademoiselle. Dans la nuit tous les chats sont gris et c'est ça le vrai danger.

6

— C'est qui ce garçon qui t'a traitée de négresse ? demande mademoiselle Mathilde.
— C'est mon fiancé. Nous allons bientôt nous marier et avoir un enfant.
— À ton âge, Pauline ? Mais tu es bien jeune !
— C'est pas une question d'âge, mademoiselle ! L'important c'est d'avoir des réponses à deux questions essentielles. La première, c'est de savoir si c'est le bon moment. Cette première question renvoie à une seconde qui donne la véritable réponse : est-ce que je veux que cet homme soit le père de mes enfants ? Il n'y a pas que dans les livres qu'on apprend des choses.
— Oui, mais ils donnent des repères. Moi, je ne te conseille pas d'avoir des enfants avant trente ans. Avant la trentaine, on ne sait pas répondre aux vraies questions.
— C'est quoi pour vous les vraies questions ?
— C'est par exemple : est-ce que je veux que cet homme soit auprès de moi et m'accompagne dans les moments importants de ma vie ? Est-ce que je suis capable de m'allonger à côté de lui, des nuits et des nuits, les yeux grands ouverts, à le regarder dormir ? Tu me suis ?

— Je comprends.

On a continué à marcher dans un silence juste heurté par les bruits de la nuit, une portière de voiture qu'on referme ou le battant d'une boîte aux lettres que le vent frappe. Mademoiselle Mathilde regarde le ciel. Des nuages s'accumulent au-dessus de nos têtes, annonçant une pluie imminente. Devant la pharmacie, mademoiselle Mathilde a composé son code secret, celui qui conduit à son intimité, l'endroit où soudain elle n'est plus mademoiselle, là où elle peut roter, péter, mettre un bonnet et des pantoufles.

— Je suis arrivée, me dit-elle, alors qu'un aveugle aurait vu qu'elle était arrivée. Merci de m'avoir accompagnée.

Je n'ai pas bougé, parce que je me sens bien à ses côtés, oui, les sensations sont bonnes, elle me transmet des vibrations positives. Je la regarde en me demandant laquelle de ses oreilles est la plus sensible. Et ses seins, ses seins sont si ronds que j'ai l'impression de n'en avoir jamais rencontré de plus féminins. Son épaisse chevelure que rien ne retient donne envie d'y passer la main, mais c'est la sienne qu'elle me tend.

— Monte, monte donc quelques minutes.

Je m'engouffre dans son appartement, m'assois dans un fauteuil rembourré en disant merci, c'est très beau chez vous, vraiment très joli, en pensant que tout est bien rangé, mais que c'est encombré et sombre, que le linoléum beige foncé tue la lumière. Il y a une table en chêne qui a l'air d'avoir été achetée dans un magasin de meubles d'occasion, quatre lourdes chaises de salle à manger, un canapé marron et une commode disgracieuse où trônent les photos de ses parents, les photos de mademoiselle Mathilde enfant, les photos de mademoiselle Mathilde souriante dans les bras d'un beau Slave aux dents d'Omo, très joli, vraiment exquis. Je pense que le plancher dégage une odeur de propre, ça sent l'abeille, il n'y a pas de fleurs dans la pièce au papier peint vieux rose. Je trouve encore que son amoureux est cloche parce qu'il ne lui offre pas de fleurs, que c'est un goujat qui ne mérite pas la fiente d'un chat.

Elle s'est assise en face de moi et je la regarde dans le blanc des yeux.

— Je suis morte de faim, dis-je. Auriez-vous quelque chose à grignoter ?

Elle se dirige vers la cuisine et revient quelques minutes plus tard avec les restes d'un bœuf bourguignon sur un joli plateau. Rien qu'à regarder la nourriture, je tressaille de plaisir. Je mange, c'est délicieux, moelleux, ça fond voluptueusement sur la langue, c'est infiniment doux sur mon palais. Je mange, je mange, elle me regarde manger, trop abasourdie pour parler, mais quand, tout en essuyant d'une main la sauce qui dégouline sur mon menton, je lui demande : « Je peux rester dormir ? » la question est si traître que mademoiselle Mathilde en est étourdie. Puis elle émerge, se dégourdit d'abord les épaules, ensuite les pieds, se frotte la nuque.

— Il faut que tu rentres chez toi, Pauline. Ta mère doit être inquiète. Ou au moins il faut l'informer que tu es ici. Qu'elle t'autorise à rester chez moi, tu comprends ?

Par des sentiers de brousse, je lui raconte que ma mère s'en fiche de savoir où je suis. Que c'est de sa faute si je vis dans cette jungle qu'est la rue, qu'elle risque de pourrir en prison pour non-assistance à personne en danger. Une mauvaise mère, voilà ce qu'elle est. Même les chuchotements du quartier l'affirment. Elle ne s'occupe pas de moi, alors que je suis encore trop jeune pour me défendre toute seule. C'est une hérésie ma maman. Qu'est-ce que vous en dites, hein, mademoiselle ? Conseillez-moi. Mais je ne veux pas qu'elle aille en prison, sa place serait plutôt chez les fous, tous les fous de France, en internement psychiatrique, qu'en pensez-vous ? C'est elle qui a semé un escargot dans ma tête le jour de ma naissance, puisque je suis restée cinq minutes sans respirer. Est-ce que mademoiselle Mathilde connaît l'humiliation d'un enfant du CM2 qui suit sa scolarité avec ceux du CE1 ? Il y a un escargot dans mon cerveau, oui, oui, on aurait dû me faire une transplantation de cerveau. J'en ai plus que ma tasse des gens qui chantent l'amour maternel, ça n'existe pas l'amour maternel, c'est un conte à dormir debout pour vieilles timbrées, vieilles connes, vieilles vaches radoteuses.

J'ai parlé, parlé, parlé des bons moments si rares, mais surtout des moments difficiles où prédomine la figure de ma mère. Quand je cesse de parler, le bout de la langue de mademoiselle Mathilde pointe entre ses lèvres bordées de minuscules poils oxygénés.

Elle s'est levée, comme médusée. On dirait qu'elle a honte, mais de quoi ? Que vas-tu pouvoir faire, hein, mademoiselle ? Existe-t-il une possibilité, un espoir ? Elle est allée dans sa chambre et elle en a ramené une couverture et un livre qu'elle m'a donnés.

— Tu peux rester dormir, Pauline. Demain, on avisera.

— C'est pour me raccommoder que vous me donnez cet ouvrage, mademoiselle ? je demande en faisant la grimace.

Je lis le titre en détachant parfaitement les syllabes :
— *AL-BERT CO-HEN, LE LI-VRE DE MA MÈ-RE*.

— Si l'on veut, Pauline. Il n'y a que les morts qu'on ne puisse ressusciter. Pour le reste, tout est possible.

— Quand quelque chose est cassé...

— D'abord, t'es pas une chose. Tu es un être humain.

Elle m'a donné un baiser sur le front : « Bonne nuit, Pauline. » Je l'ai suivie des yeux jusqu'à ce que claque la porte de sa chambre. Alors, j'ai ouvert le livre. C'était écrit en petits caractères et une peur inouïe s'est emparée de moi. Ma respiration est devenue saccadée. Un bourdonnement sourd a résonné dans mes oreilles et mes mains sont devenues moites. C'était la première fois que j'avais la frousse. J'avais l'impression que cette frayeur venait de tous les côtés à la fois et qu'elle me cernait. J'ignorais jusqu'à présent qu'un livre puisse donner une telle trouille. C'est de la littérature pour les savants, me suis-je dit. C'est excellent pour ceux qui ont du génie et devant qui on s'exclame : « Que vous êtes beau, monsieur, que vous êtes intelligent, monsieur, que vous êtes charmant, monsieur. »

Peu à peu, mes tremblements ont cessé. « Chaque homme est seul et tous se fichent de tous et nos douleurs sont une île déserte. » C'est la première phrase du livre. Je l'ai lue plusieurs fois pour comprendre un début de quelque chose, ensuite les lignes suivantes. Mais ce soir-là, ça n'a rien donné, juste un cafouillis de lettres et de parasites qui ont brouillé la configuration de mon esprit.

Je me suis allongée et j'ai tiré la couverture sur mon menton. De la lumière filtre de la chambre de mademoiselle Mathilde. Elle doit lire jusqu'à ce que ses yeux s'épuisent, ai-je pensé. Ses babouches doivent être soigneusement rangées au pied de son lit. Mais pourquoi son amoureux n'est-il pas avec elle ? Ça doit être une de ces femmes-moi-je-sais-tout qui font peur aux hommes, ai-je conclu avant de m'endormir.

Les lampadaires de la rue éclairent l'appartement comme une lune sur son déclin. J'ai une absence, je ne sais plus où je suis ni ce que je fais dans ce salon. Il me faut quelques secondes pour me le remémorer. Je frappe à petits coups à la porte de la chambre et entre.

— Qu'est-ce qui se passe ? demande mademoiselle Mathilde d'une voix ensommeillée.

— J'ai fait un cauchemar. Je peux dormir avec vous ?

Sans attendre sa réponse, je me mets dans le lit.

— Ça t'arrive souvent de faire des cauchemars ?

— Toutes les nuits. Notre maison doit être hantée.

— Je ne comprends pas pourquoi l'Assistance publique ne t'a pas placée dans un foyer.

— C'est parce que je souffre d'inadhérence, m'a dit Mme Jamot. Je n'accroche à aucun système. Je glisse sur tout, quoi. Et vous, pourquoi dormez-vous seule ? Êtes-vous fâchée avec votre fiancé ?

— Je ne suis pas fiancée et je n'ai pas forcément envie de me marier.

— Et comment allez-vous faire si vous n'êtes pas mariée ?

— Je ne comprends pas.

— Ben, nous autres femmes sommes si petites… Je ne veux pas dire par la taille, mais petites parce que nous sommes réduites à la petitesse, vous comprenez ?… On peut vivre dans une grande ou une minuscule maison, ça nous comprime quand même. Il faut quelqu'un qui nous touche ou quelqu'un qui nous montre qu'il a bien envie de nous toucher pour nous faire sentir qu'on est bien vivantes, sinon on rapetisse jusqu'à disparaître.

— T'es vraiment une étrange jeune fille, Pauline. Tu n'es vraiment pas comme tout le monde.

— Je ne suis pas comme les gens qu'on trouve dans votre univers mademoiselle. Mais dans le mien, je ressemble à tout le monde.

— Je ne vois pas de différence. Une adolescente a les mêmes problèmes partout, qu'elle soit riche ou pauvre, blanche ou noire.

— Est-ce que dans votre monde les jeunes filles prennent la pilule pour grossir ?

— Pour ne pas tomber enceintes, oui.

— Vous n'avez pas remarqué que beaucoup de filles à Pantin sont grosses ? Certaine que vous vous êtes dit qu'elles grossissent parce qu'elles mangent mal, n'est-ce pas ? Mais vous savez, c'est pas vrai, pas vrai du tout. Nous prenons la pilule pour grossir, n'importe quelle pilule pourvu qu'elle nous donne plus de seins et de fesses. Ainsi, on se sent moins petites, moins écrasées et nos gars ont plus de quoi faire dans un lit, vous comprenez ? Vous voyez qu'on ne ressemble pas aux adolescentes de votre monde.

— Toi aussi, tu prends la pilule, Pauline ?

— Oui, mademoiselle.

— Pour grossir ?
— Parfaitement, mademoiselle.
— Est-ce que tu sais que tu mets ta santé en jeu ? Aucun homme ne mérite un tel sacrifice.
— C'est ce que Lou raconte, mais ce sont des propos que l'on tient quand on a des gens pour qui on compte vraiment, je ne parle pas des gens qui ont de l'intérêt pour nous, mais des gens pour qui on compte vraiment. Nos mecs du 9-3 veulent que nous soyons grosses, sinon ils ne nous regardent pas. Bien sûr que nos gars ne conviennent pas aux femmes comme vous qui, petites, pensaient que leurs parents avaient commandé leurs petits frères par la poste, qui n'ont jamais eu besoin d'amis parce que leur famille les aime, mais ces hommes-là, c'est tout ce qu'on a.
— Qu'en sais-tu ? Je ne t'ai rien dit de moi.
— Je sais, c'est tout.
— T'as des dons de voyance à ce que je vois, sourit-elle.
— Oh non, mademoiselle. Il suffit de regarder vos yeux. Il y a du soleil dedans même lorsqu'il fait nuit.
— Tu m'étonnes, Pauline. Bonne nuit.

Elle s'est tournée face au mur. Quelques minutes plus tard, je l'entends qui respire longuement avant de s'endormir. Elle m'emporte avec elle, j'en suis certaine. Les gens heureux aiment écouter des histoires épouvantables pour se donner l'illusion qu'eux aussi ont des raisons de faire des cauchemars.

7

Ce matin, notre maison est toute dansante, les tables, les tabourets, les fauteuils, tout bouge, même l'air criblé de lumière. C'est maman qui, dans une espèce d'exaltation, déplace les objets, les essuie, récure, nettoie. Elle recouvre les fauteuils sales avec ces tissus colorés et gais dont les Africaines confectionnent leurs boubous. Elle pose là un bouquet de fleurs. Sa robe de chambre de lainage bleu virevolte, ses cheveux négligemment noués s'affolent aussi. « Où est le Monsieur Propre ? Et l'eau de Javel ? S'il te plaît, passe-moi l'éponge sous l'évier. » Plus qu'un pressentiment, j'ai une certitude : un mot de travers ou un geste inapproprié briserait cet élan. Alors je l'aide, oui, j'aide ma maman. Je savonne le carrelage, tords la serpillière, tout en écoutant une musique métallique dont l'écho me met la larme à l'œil. Fabien, ennuyé par ce remue-ménage, change de pièce en fonction de l'endroit que nous nettoyons. Puis on vaporise du sent-bon.

À la fin, l'appartement brille et flamboie telle une fête foraine. Les boutons blancs des roses sur la table donnent même l'impression qu'on vit dans une maison accueillante, oui, un lieu où l'espérance est si vaste qu'il peut à peine la contenir. Mais qu'as-tu maman ? Qu'est-ce qui te prend ? Ça ne fait rien, ne réponds pas, car c'est la première fois que je vois quelque chose de bon dans cette baraque. Qu'importe pourquoi ou pour qui tu t'es décidée, rien n'a plus d'importance, les choses changent, il n'y a plus une minute à perdre. Mais je t'en supplie. Laisse plus jamais notre porte ouverte aux intempéries, laisse toute chose telle qu'elle est sous mes yeux. C'est joli, joli, si beau, si cocoon. Je la regarde tandis qu'elle se lave les mains penchée au-dessus de l'évier. J'observe sa figure ronde et tombante, son dur regard vert, ses cheveux en désordre, et tristes comme un jardin abandonné. J'ai envie de remettre en place une mèche rebelle sur son front. Je reste immobile et je respire fort, car mon esprit frôle quelque chose de vivant : un homme. Oui, maman a un nouvel amour dans sa vie, bien sûr. Qui lui a promis… mais quoi ? Le mariage ? Pourquoi les vieux se marient-ils ? Pour ne pas mourir seuls, bien sûr. L'aime-t-elle ? A-t-il des enfants ? Je souris, tandis qu'elle allume le four, y introduit un gigot d'agneau, me disant qu'elle a enfin compris qu'il faut créer une atmosphère langoureuse pour donner à un homme l'envie de mener toute une vie à deux, ou une demi-vie, ou un quart de vie avec elle. Je pense que si maman amorçait un véritable changement, je saurais l'aider, rester à ses côtés, courageuse et invisible, et que ce à quoi elle aspirait et qu'elle ne pouvait atteindre, à deux, on l'atteindrait… peut-être.

— Tu m'aides à mettre la table, Pauline ? me demande-t-elle en regardant sa montre, fébrile. Nous serons quatre. Il faut que j'aille me préparer.

— Bien sûr.

— Peux-tu faire l'effort d'être polie pendant trois heures pour ne pas me faire honte devant notre invitée ?

— Tu peux compter sur moi.

— Vraiment ? demande-t-elle, sceptique.

Je soutiens la froideur de son regard et mon cœur se serre à la vue de la haine qu'il exprime. Je lui souris, elle aussi me sourit par stimulation ou par solidarité, je ne saurais le dire. Je demi-tourne, ramène mon corps vers ma chambre, enfile un jean propre, des baskets, et l'interphone résonne. J'ai à peine ouvert la porte qu'une vieille dame sur le palier crie :

— Pauline, ma petite Pauline, que tu as grandi !

— Grand-mère, je crie à mon tour en me précipitant dans ses bras. J'ignorais que tu venais. Je suis si contente de te revoir. Ça fait si longtemps ! Vraiment.

Elle me serre dans ses bras, m'impose son parfum épais et lourd, s'écarte pour me contempler.

— C'est vous qui m'aviez abandonnée, fillette. Vous n'êtes plus jamais revenus me voir, ton frère et toi.

— C'était pas drôle d'aller chez toi, grand-mère. Tu nous demandais de nous cacher quand tes voisins te rendaient visite, t'en souviens-tu ?

— Je croyais que vous trouviez la situation drôle, moi !

— Nous croyions que tu avais honte de nous, parce qu'on est noirs.

— Honte de vous ? dit-elle en éclatant de rire et en m'ébouriffant les cheveux. Vous êtes de magnifiques petits-enfants. Les plus beaux de mes petits-enfants. Que tu es jolie !

— T'es pas mal non plus, grand-mère, dis-je, sincèrement émue.

Grand-mère est belle comme le sont les vieilles choses. Ses cheveux teints sont ramassés en un lourd chignon sur sa nuque. Son faux tailleur Chanel met en valeur ses pommettes hautes et sa peau laiteuse presque translucide. Seules les rides sur son visage et ses mains racontent qu'elle a survécu à la Seconde Guerre, survécu à de Gaulle, survécu à Mitterrand et même à grand-père qui, sa vie durant, lui a fait désirer ce que lui désirait et qui est mort d'une crise cardiaque en regardant la finale des *Chiffres et des lettres* à la télévision. Grand-mère a pleuré sept jours, a glissé comme une ombre sur tout ce qui venait à sa rencontre pendant trois mois, puis, un matin, elle a étiré ses vertèbres, s'est outrageusement maquillée comme le font toujours les vieux et, les pieds fringants, elle s'est mise à fréquenter les dîners organisés pour le troisième âge, les bals où l'on danse le tango argentin et où des vieilles fripouilles espèrent encore dégoter une moins décatie en vue d'un voyage vers le septième ciel.

Je ramasse sa valise et m'engage dans le couloir.

— Et c'était comment ton voyage, grand-mère ?

— Un peu bref, dit-elle sans bouger. J'ai même pas eu le loisir de profiter du paysage. Quelle idée de faire des trains si rapides !

— Quelque chose ne va pas ? je demande, inquiète de son immobilité.

— Tout va très bien, Pauline. Il faut que tu m'aides. Donne-moi ton bras. Je suis aveugle.

— Aveugle ?

C'est alors que je remarque les lunettes noires que

porte grand-mère telle une star de cinéma qui veut garder l'anonymat.

— Qui est aveugle ? demande maman en apparaissant brusquement devant moi et en collant deux bisous distraits sur les joues de grand-mère.

— Oui, c'est qui l'aveugle ? demande Fabien.

— C'est grand-mère, dis-je.

— Ah oui ? fait Fabien, tout émoustillé. Comment est-ce arrivé ?

Il ôte les lunettes de grand-mère et ausculte ses yeux.

— Mais il n'y a aucune trace de violence autour de tes yeux, grand-mère, dit Fabien. Pas de bleus, pas d'ecchymoses. Pour être aveugle, il faut avoir été tabassé. Comment est-ce arrivé ?

— Ça n'a pas d'importance, dit grand-mère. Je suis aveugle, c'est tout.

Durant le repas, grand-mère parle, parle, la bouche pleine. Maman sourit, approuve de la tête, sans la regarder, lance une phrase et fixe la pendule. C'est curieux combien les vieux radotent. Et de raconter comment grand-père et elle se sont rencontrés, un 14 Juillet. Comment ils se sont trouvés pris au milieu d'une foule en liesse, les poussant et pressant de tous côtés. Comment elle est tombée, comment il l'a aidée à se relever et ne lui a plus lâché la main jusqu'à ce que mort s'ensuive. Comment elle a eu ses quatre enfants, accidentellement, mais elle ne regrette rien, car la vie de sa descendance n'est que débauche de lumière, feux d'artifice. Mon oncle Samuel, qui est contremaître dans un chantier à Laval, a deux mômes dont l'aîné est à l'université ; mon oncle Didier le plombier est si beau qu'on pourrait le prendre pour un de ces mannequins qui bombent le torse dans des magazines de mode. Quant à ma tante Mathilde, c'est la factrice la plus célèbre de Fort-Mardyck. Il y a quelque chose d'heureux sur le visage de grand-mère lorsqu'elle évoque ses souvenirs.

— Que demander de plus à la vie, hein ? J'ai eu des enfants honnêtes, travailleurs, droits. Ils n'ont jamais volé, tué, ou même simplement été adultérins. Même mon Didier qui je l'espère se mariera un jour a toujours préféré les femmes libres, et quand j'y pense, il n'a aucun vrai péché sur la conscience.

— Qu'en sais-tu ? l'interrompt maman.

— Je sais de quelle pâte vous êtes faits, non ? C'est moi qui ai accouché.

— Ils ne se sont jamais drogués ? demande Fabien. T'en es sûre, grand-mère ? Même pas fumé un pétard ?

— Jamais !

— Moi, à ta place...

— Quoi ? Je dois douter de mes enfants ? Mais il n'y a aucune raison, fiston. Regardez votre mère. Elle s'en est sortie. J'étais certaine qu'elle s'en sortirait.

— C'est pas grâce à toi, que je sache, dit ma mère violemment. Je serais restée à la maison que je serais devenue folle.

— Folle, folle, mais que de grands mots, ma chérie. Je t'ai bien éduquée, c'est tout.

— Tu me frappais et tu appelles ça de l'éducation ? Tu m'obligeais à faire le ménage à ta place et tu appelles ça de l'éducation, maman ? Je n'avais pas le droit d'aller jouer tant que je n'avais pas nettoyé la maison et nourri les poules, et tu appelles ça de l'éducation ? M'envoyer travailler chez les gens alors que je n'avais que quatorze ans, c'est de l'éducation ?

— Oui, oui et oui ! Si ta maison est bien tenue, si tes enfants sont bien élevés et que t'aimes travailler, c'est grâce à moi. Tu vas quand même pas me dire que tu voulais faire des études, Thérèse ? T'en étais pas capable et tu le sais.

— Oh, ferme-la maman.

— Mais c'est la vérité. Ton père a vite compris que...

— Laisse mon père où il est, maman. D'ailleurs, je ne comprends pas pourquoi tu en parles. Il n'a pas arrêté de te tromper de son vivant, de te traiter comme une moins-que-rien, de te frapper.

— Mais il ne m'a pas quittée, au moins, lance-t-elle méchamment. Et toutes les femmes ne peuvent pas se vanter de n'avoir jamais été abandonnées.

— À t'entendre, il faudrait te décerner la médaille à la fois de la femme battue et de la cocue la plus heureuse du monde.

Elles demeurent un instant bouillantes de colère, effarées presque, comme si elles se découvraient cette haine réciproque qui couve depuis tant d'années.

— Qu'as-tu à me reprocher, Thérèse ?

— Je n'avais pas de temps pour moi. Thérèse, fais, prends, donne, va nourrir les poules. C'est pour ça que je suis partie... Pour m'épanouir, enfin.

— Quand on voit le résultat, c'est réussi.

— Qu'insinues-tu ?

— Rien, ma fille. Mais cette mise en scène. C'est triste, vraiment.

— Je ne vois pas de quoi tu veux parler.

Grand-mère se lève, regarde autour d'elle. Une horloge sonne quelque part et, par la fenêtre, je vois un clébard s'envoyer une petite chienne. Le bonheur est simple, me dis-je. Il suffit de se contenter des petites joies, c'est tout.

— Assez de cette comédie, ma fille. Il n'y a aucune photo de famille sur les murs, même pas celles de tes enfants sur la commode. Ça se voit que le sol vient d'être nettoyé, ça pue la javel. Si ton objectif était de m'épater, c'est raté.

— Tu n'es plus aveugle, grand-mère ? demande Fabien.

Comme grand-mère fait semblant de ne pas l'entendre, il ajoute :

— Tu es sourde aussi ?

Grand-mère pivote sur ses talons à la manière des bourgeoises.

— Sache, mon petit, qu'il y a tant d'horreurs dans la vie qu'il vaut mieux de temps à autre se décréter aveugle pour ne pas les voir...

Je croise mes mains sur ma poitrine pour ne pas éclater de rire. Maman est si furieuse que ses yeux sortent de sa tête. Les veines de son cou enflent et, bien avant qu'elle n'articule un son, son index montre la porte.

— Sors immédiatement de ma maison, hurle-t-elle.

J'embrasse ma grand-mère qui allie friponnerie et féerie, ma grand-mère, si difficile à tromper. Je trouve ses pitreries et ses plaisanteries profondes et édifiantes. Sans un mot, je débarrasse, fais la vaisselle et les images de ce déjeuner catastrophique défilent sous mes yeux. Je n'en suis pas dégoûtée, tout au contraire. J'ai un désir encore plus passionné de ces rencontres familiales où l'on s'expédie des mangues pourries à la tête. « Seigneur », je prie, debout devant la fenêtre sans rideaux de la cuisine où, rougi par le soleil, le ciel semble peser sur la terre, « Seigneur, si vous existez, faites que ces engueulades ne nous empêchent pas de revoir grand-mère, faites que maman soit dans les mêmes dispositions d'esprit que ce matin, qu'elle continue de nettoyer la maison et de faire la cuisine. Seigneur, si vous existez, aidez-moi à être une fille attentive. »

Mes espoirs se sont envolés lorsque je suis revenue au salon, disparus comme la salve d'un feu d'artifice. Il n'y a plus de jolis tissus-pagnes sur le canapé, et çà et là, maman a replacé ses sacs en plastique remplis de ses vêtements.

8

Mademoiselle Mathilde a écrit quelque chose au tableau, la classe a frissonné. Elle a écrit cette abjection de son écriture penchée vers la droite, c'est si bien écrit que, de loin, on voit l'accent sur le e. Il y a là de quoi se faire sauter la cervelle. J'en suis si estomaquée que je respire l'air que mon voisin de classe expire. J'ai l'impression qu'un de mes yeux regarde le professeur et de l'autre cette horreur écrite noir sur blanc juste au-dessus de sa tête. Elle s'est tournée vers nous, laissant le soleil illuminer cette ignominie.

— Effacez ça, tout de suite ! a ordonné Karsfeld. C'est une insulte originale, ça. C'est pas acceptable, du tout, du tout !

— Vous devez l'effacer et présenter aux Africains de la classe des excuses en bonne et due forme, a dit quelqu'un d'autre, furieux. Sinon, on fout le bordel.

L'écœurement est si énorme que les Noirs ont éclaté de rire. Ils ne sourient pas, ils rient aux éclats, comme si ce rire était un pic à glace qui ferait surgir d'en dessous de leur peau les miasmes des colères refoulées, des frustrations vécues, des avilissements orchestrés dont leurs parents leur ont transmis la mémoire.

— Pourquoi devrais-je effacer ce mot et vous présenter des excuses ? a demandé mademoiselle Mathilde d'une voix melliflue. Vous l'utilisez bien, vous, a-t-elle ajouté en le soulignant d'un trait rouge.

— C'est pas pareil du tout du tout, a dit Karsfeld. Entre nègres, on peut s'appeler « nègres ». Mais qu'un Blanc le dise ou l'écrive, c'est une autre histoire. C'est de l'injure raciale au premier degré.

— Karsfeld a raison ! ont clamé les Africains de la classe. Ce mot est réservé aux Noirs exclusivement. Nous, on a le droit de s'appeler entre nous « nègres », pas vous.

— Un mot est universel, a rétorqué mademoiselle Mathilde. Ou tout le monde l'utilise ou d'un commun accord on décide que ce mot est négatif et on le supprime du vocabulaire français. Je tiens à attirer votre attention là-dessus. Noir ou Blanc, on n'a pas le droit d'employer certains termes qui peuvent blesser. Me suis-je bien fait comprendre ?

Un long silence s'est abattu sur la classe et on a fait le gros dos. Je feuillette *Le Livre de ma mère* que m'a offert mademoiselle Mathilde. J'ignore beaucoup de choses, mais je ne suis pas bête, alors j'ai mis ma langue dans ma poche, m'escrimant malgré tout à trouver une pensée cohérente, si difficile à isoler dans cette étrange atmosphère. C'est alors que la voix de Lou s'est élevée comme une feuille devant la giboulée :

— Vous avez tort, mademoiselle.

Mademoiselle Mathilde a froncé les sourcils, son cœur a dû essayer de fuir de sa poitrine puisqu'elle l'a comprimée violemment.

— Pourquoi, ma petite Lou ?

— Parce qu'on ne peut pas ne pas utiliser ce mot. Il renferme la notion même de la culture des peuples venus d'Afrique. On parle d'« art nègre », de « culture nègre », d'« identité nègre », c'est ma mère qui me l'a certifié.

— C'est un point de vue, Lou. Mais ce mot est péjoratif.

— Ma maman dit le contraire, mademoiselle. La négritude est...

— Ça suffit, Lou. Ouvrez votre livre de grammaire page 87. Nous allons revoir l'accord du participe passé avec l'auxiliaire.

— Il en va toujours ainsi, m'a soufflé Lou.

— Pourquoi tu dis ça ?

— Les Blancs... ils réfutent nos arguments les plus valables pour nous soumettre à leur suprématie intellectuelle.

— Hum, hum, ai-je dit, comme toujours lorsqu'on me parle de politique.

La politique telle qu'on la perçoit, telle qu'elle est perçue dans les banlieues, m'ennuie et les problèmes raciaux m'ennuient encore plus. Je me demande ce qu'on serait devenus à Pantin, où nous en serions si nous n'avions pas la possibilité de ressasser les insultes, les violences, les sournoiseries et les complots dont nous sommes convaincus d'avoir été les dignes victimes. Ils excusent toutes nos faiblesses. Ils justifient qu'on ait des arriérés de loyer, ils expliquent que nos enfants soient déscolarisés et excusent la violence de nos jeunes qui peuvent se constitutuer en gangs sans être inquiétés. C'est de la faute de l'esclavage ou de la colonisation. Toute cette bouillie a un responsable, le Blanc, je le sais, mais ce constat ne m'empêche nullement de penser qu'on ne cherche pas à s'en sortir.

À l'heure du déjeuner, Lou s'est mise à me sourire benoîtement. J'ignore ce qui se passe dans sa tête. Elle me dit tout d'un coup :

— Viens déjeuner à la maison. Ma mère fait la meilleure cuisine du monde.

— Mais elle ne me connaît pas.

— C'est une vraie Africaine. Elle sera heureuse d'avoir une bouche de plus à nourrir.

— Personne n'aime avoir une bouche de plus à nourrir.

— Les nègres, si. Ils aiment avoir plusieurs bouches à nourrir car cette manière d'être inconsciemment généreux les maintient dans une situation de pauvreté chronique, autrement, ils ne seraient plus tout à fait des Africains, tu piges ?

Je n'ai rien compris, mais je sais qu'il faut se méfier des gens prompts à vous rendre service, parce que le moindre petit service a un prix.

— Non, merci, dis-je en me grattant le dos de la main.

Mon regard parcourt les toits des maisons au loin. Un oiseau perché sur une branche soudain s'envole. J'aimerais tellement voler, partir au loin, rencontrer d'autres visages, me refaire une nouvelle vie, tisser des liens avec des gens ordinaires qui me demanderaient : « Ça va, Pauline ? Ta maman va bien ? Et ton frère ? » Des gens qui m'inviteraient dans leur cuisine et me serviraient une menthe à l'eau. J'aime bien la menthe à l'eau, elle a la couleur de l'espoir. Lorsque

Lou a passé le portail, j'ai senti des gargouillis dans mon ventre et toute ma sagesse s'est évanouie sans laisser de trace. Je lui crie :

— Hé, si ton invitation tient toujours, je suis partante.

— Est-ce que tu sais que sauter un repas, c'est mauvais pour la santé ? Je parie que tu n'as pas pris ton petit-déjeuner ce matin.

— J'ai petit-déj chez mademoiselle Mathilde, fais-je fièrement. De toute façon, je n'ai pas besoin de manger. Je suis déjà bien assez grosse... Mais j'aime être grosse, j'ajoute en me déhanchant plus que nécessaire.

Je vois à ses yeux que je viens de l'impressionner, d'autant plus fortement que des garçons ne cessent de me faire des clins d'œil ou de me lancer des « Bonjour Pauline ». Timothée, un négrillon aux yeux verts, s'est rapproché dangereusement. C'est un dealer et il a beaucoup de succès auprès des filles parce qu'il gagne très bien sa vie, qu'il peut les emmener danser, leur acheter du Coca-Cola ou leur offrir des bijoux chez Zara.

— Tu viens avec moi au Quick ce soir, Pauline ? me demande-t-il en s'infiltrant entre nous. Je t'invite.

Je ne réponds pas.

— Tu me la présentes, ton amie ?

Je ne réponds pas.

— Ne me dis pas que tu en pinces encore pour Nicolas, parce qu'il kiffe pas mal Adélaïde.

Je suis si affectée que je suis obligée de répondre :

— Nicolas et moi, c'est autre chose, Timothée. Tu ne peux pas comprendre.

— C'est purement platonique alors vous deux ?

— C'est pas ton problème.

— OK, Pauline. C'était en tout bien, tout déshonneur.

J'ai mal, si mal, mais je me dis que j'ai tort d'être jalouse, qu'une femme ne devrait pas éprouver des sentiments sots capables de foutre un mariage en l'air, qu'il en a toujours été ainsi de mes relations avec Nicolas : des heures d'engueulades, d'insultes, d'humiliations sciemment infligées en échange de furtives caresses, de baises au vol, pour certifier que lui et moi, c'est à la vie à la mort, surtout à la mort puisqu'il faut bien qu'un jour je meure de quelque chose, alors pourquoi pas d'un coup de poignard magistralement administré par mon amoureux ?

— Tu en connais du monde bizarre toi, dit soudain Lou en m'extirpant de ma tristesse.

— Et comment !

Je me mets à fanfaronner sur mes connaissances qui traversent Pantin et se perdent aux confins de Bobigny. Je prends un malin plaisir à lui expliquer que Timothée traficote avec les réseaux chinois et qu'il est amoureux de moi ; que Bonny a cassé la gueule à Tcherankeu à cause de mes beaux yeux, que, que et que… Sans m'en rendre compte, je creuse les fondations de notre relation. Tant que durera notre amitié, je partagerai avec elle des fausses histoires intimes, j'en inventerai, juste pour lui faire croire que je suis un *sex symbol*, une dont tous les garçons raffolent, une dont l'éclatante réussite amoureuse est une belle revanche sur son échec social. C'est ainsi que je compenserai mon manque de culture face à cet ovni d'intelligence.

— Tu les envoies paître, j'espère ? me dit-elle.

— Pourquoi ? Ça fait du bien de savoir que tous les mecs fantasment sur toi, non ?

— Peut-être bien... Mais c'est ce qui se passe après qui me dégoûte.

— Comment ça après ? Après quoi ?

— Ils se touchent en pensant à toi, c'est ma mère qui me l'a dit.

— C'est pas pour de vrai, alors qu'est-ce que ça peut bien faire ? Et même si c'était pour de vrai, on est à l'époque de la pilule.

Lou est presque déjà une bonne amie. Je sens qu'on peut lui exposer ses entrailles et même lui faire pénétrer les égouts de ses cauchemars, sans que sa vie privée fasse la une des conversations dans les squats.

La concierge est dans la rue, à traîner les poubelles. Ses doigts agrippent les sacs d'ordures avec une telle rage que ses phalanges en sont blanches. Je ne m'étonne pas lorsqu'elle se tourne vers moi dans un élan de colère spontanée.

— Espèce de traînée ! Que je ne te revoie plus dans mes pattes. Et quoi encore, hein ? Je ne peux pas travailler en paix sans que...

— Mais je n'ai rien fait de mal !

— Tu fais toujours quelque chose de mal, sale hypocrite !

— Ce sont des préjugés, dit Lou. C'est pas parce que Pauline traîne un peu par-ci par-là que c'est une mauvaise fille.

— Ne me contredis pas, toi, d'accord ? dit-elle en pointant son doigt tordu par l'arthrose vers Lou. D'abord, qu'est-ce que tu fous en compagnie de cette moins-que-rien ? Certaine que ta mère ne le sait pas.

— Je sors de l'école.

— Peut-être bien, mais j'avertirai ta maman. Elle te chauffera les oreilles lorsqu'elle saura que tu fréquentes la pire racaille.

— Laisse tomber, me dit Lou. Ce n'est qu'une vieille dame qui n'a plus toute sa tête.

J'aimerais décrire la maman de Lou comme un écrivain, avoir cet art de l'imagination qui nomme exactement les choses. Je pourrais dire qu'elle ressemble à. Mais à quoi donc ? Ça ressemble à quoi une Africaine qui a été à l'université ? Ça ressemble à quoi une mère si cultivée qu'elle est capable d'élever sa fille seule ? Ça ressemble à quoi une Noire intelligente qui est responsable du rayon fromages chez Casino ? Ça ressemble à quel désespoir lorsqu'elle s'est rendu compte qu'aucun des hommes qu'elle espérait épouser ne voulait d'elle parce qu'elle était trop ambitieuse ? Ça ressemble à quoi *in fine* lorsqu'une négresse rouge érable est obligée de se faire féconder par le premier Blanc venu pour ne pas crever sans enfant ?

À part ça, elle a déménagé ce qui lui restait d'ambition et l'a emménagé chez sa fille. À part ça, ses seins en torpille sous son chandail rose flottant font le désespoir du vocabulaire ; à part ça, sa taille minuscule ne peut éblouir qu'un étranger aux normes en vigueur à Pantin ; à part ça, ses cheveux crêpelés ont été aplatis par les chocs sismiques du défrisant Skin Success. Leurs pointes rouges comme un cul de guenon frisottent autour de son cou. Sa petite maison est si propre qu'on a envie de se laver dix fois les pieds avant de fouler son plancher. Un canapé en cuir rouge, une table basse qui ressemble à s'y méprendre à un bloc d'acier compact, des journaux et des bouquins : *Comment se soigner grâce à l'acupuncture, Vos plantes et vous*. Le long de la baie vitrée, des fougères, des palmiers miniatures, un cactus géant, des chrysanthèmes au cœur rouge ou blanc. L'ambiance est si feutrée que l'on peut imaginer assises au rebord de la fenêtre, des vierges brodant des napperons tout en se murmurant des confidences et des secrets.

Sa maison est bien rangée parce qu'elle veut mettre mal à l'aise les gens comme moi, me dis-je, des gens qui ont raté leur vie avant de la commencer. Ses yeux sombres regardent droit à travers ma personne comme si j'étais invisible. Je tente un sourire pour être vue. Elle m'observe enfin, mais comme si j'étais un *alien* revêtu d'une peau humaine. Elle m'étudie longtemps sans prononcer une parole. J'ai froid comme si un vent polaire s'était levé dans la pièce.

— Tu viens, Pauline ? me demande Lou.

Je la suis tandis qu'elle ôte son manteau, qu'elle le jette sur une chaise, qu'elle s'assied pour le repas, que sa maman lui demande d'aller se laver les mains, puis comment se sont déroulés ses cours ce matin. J'ai un instant d'angoisse : est-ce ainsi que vit une famille ordinaire ?

De sa voix de quelqu'un qui est trop bien partout, la maman de Lou me fait subir un interrogatoire. Tu es très jolie, ma fille... Qui est ton père ? Quel métier exercent tes parents ? Tu es bien grande pour une fille de douze ans. Je suis si fière d'être grande que je ne peux m'empêcher de lui dire que je vais sur mes quinze ans. Elle fronce les sourcils, se demande pourquoi je suis en sixième alors que j'aurais dû intégrer la seconde.

— Tu as peut-être été malade, ma fille ?
— Non, madame. L'école me faisait chier.
— On dit « l'école m'ennuyait », m'interrompt-elle. « Chier » est un mot vulgaire, surtout venant de la bouche d'une aussi jolie fille que toi.
— Excusez-moi, madame. Je n'y allais pas parce que je me réveillais pas le matin, car je souffre d'insomnie.
— Chaque matin, je secoue Lou pour qu'elle se réveille. Ta mère pourrait faire de même.
— Ma mère n'a pas le temps. Elle a trop de chats à fouetter. D'ailleurs, elle dit toujours qu'une fois qu'un enfant est né, il faut mettre sa ceinture de sécurité parce qu'on se sent si démuni face à lui qu'on risque de tomber dans le vide.

La mère de Lou a ouvert grand sa bouche aux dents parfaites. J'ai vu sa langue rose onduler telle une queue de margouillat. Des filets de salive s'y agglutinent, elle les ravale et fait « tss, tss » comme un chat noir face à une vipère.

— Mais maintenant, j'ai décidé que le désordre est derrière moi, dis-je. C'est à moi de prendre mon destin en main.
— Il faut prier, ma fille. Dieu te donnera la force.
— Prier ? Mais je n'ai jamais prié, madame. Je pense que se parler à soi-même est un signe évident de folie.

De la tête, Lou me fait signe de me taire. J'ai rempli mon assiette tout en continuant de m'entretenir avec sa mère sur un ton responsable. Elle semble impressionnée par mon exposé sur le placement des jeunes dans les foyers et sur les conditions de détention des enfants mineurs. J'en connais un rayon là-dessus et j'aurais sans doute avoué que j'ai déjà été interrogée plusieurs fois par la police, et même gardée au poste vingt-quatre heures, si soudain je ne m'étais pas aperçue qu'elles avaient cessé de manger et me fixaient étrangement.

— Et la fourchette, on n'utilise pas de fourchettes chez toi ? me demande la mère de Lou.

De la sauce dégouline le long de mes mains. J'ai des élancements dans ma jambe, celle qui est plus courte que l'autre. Je calme la douleur en frottant mes pieds l'un contre l'autre, je lèche mes mains.

— Une fourchette pour manger du riz avec du poulet sauce arachides ? Mais c'est bien meilleur avec les doigts.

— À table, on utilise une fourchette, jeune demoiselle.

— Tu peux venir un instant, maman ? demande Lou.

Le ton de Lou est calme. Sa mère me sourit, mais les ridules autour de ses yeux n'annoncent rien qui vaille. De là où je suis, leurs voix me parviennent assourdies par les cloisons :

— Pauline est mon invitée, maman. Tu n'as pas à la critiquer. Si elle veut manger avec ses pieds, tu n'as rien à dire.

— Je t'interdis de me parler ainsi. C'est chez moi et si tu veux que je respecte tes invités, tu n'as qu'à ne pas ramener une délinquante à la maison.

— Tu mangeais bien avec tes doigts en Afrique, non ?

La mère de Lou a dû lui mettre une bonne claque car j'entends Lou lui dire qu'elle ne perd rien pour attendre, qu'un jour, quand elle aura le dos tourné, elle se suicidera en buvant de l'eau de Javel, qu'elle regrettera alors ce qu'elle lui a fait. En plus, ajoute-t-elle, à cause d'elle, elle a toujours des problèmes avec les jeunes de son âge : elle l'éduque bizarrement et tout est de sa faute.

— Arrête de dire des conneries. Je t'apprends les bonnes manières. Mais sache que les gens n'aiment pas que quelqu'un se vante d'en savoir plus qu'eux. C'est ton comportement général qui te pose des problèmes.

Quand elles reviennent dans la salle à manger, Lou a les yeux rouges. Sa mère me sourit, j'aurais préféré qu'elle me chasse, ç'aurait été plus franc. À me sourire ainsi, elle ressemble à une affiche de publicité pour de la mayonnaise.

— Mange, ma fille, me dit-elle, mange.

Je ramasse la fourchette et tente de porter les aliments à ma bouche, mais le cœur n'y est plus. Découragée, je repousse le plat, l'âme pleine de ressentiment.

— Je n'ai plus faim. Excusez-moi, madame, j'ai pas l'habitude de fréquenter des gens comme vous.

— Mais je n'ai rien de spécial, Pauline, et j'aime que les gens se sentent à l'aise chez moi.

— Alléluia, dit Lou en regardant sa montre.

Au moment de partir, Lou s'est tournée et a vu le décolleté de sa mère. Elle y a enfoui sa tête, écoutant les petits bruits qui traversent l'épais lainage.

— Ton estomac glouglute encore maman.

— J'ai quelques difficultés à digérer ces derniers temps.

— Tu ferais mieux de prendre de l'Alka-Seltzer. Tu en as encore ? Tu veux que je t'en achète à la pharmacie ?

— T'inquiète pas, ma chérie. Ça va aller.

Je suis soulagée de m'éloigner de cette Africaine hypocrite avec ses grands airs, qui me la joue supérieur, je n'ai pas été élevée dans une porcherie. Je suis soulagée de fuir cette maman que sa fille serre dans ses bras parce qu'elle se sent mal. Je sais que lorsque sa mère mourra, Lou fera sienne cette phrase que j'ai lue dans le livre d'Albert Cohen : « Souriant et faible devant ma glace où je cherche ma mère, ma glace qui me tient froidement compagnie, et dans laquelle je sais, souriant, que je suis perdu, perdu sans ma mère. »

9

Nicolas hante mon sommeil, il n'a pas répondu à mes appels. Aux nuits pluvieuses de novembre succèdent des journées ensoleillées. À l'aube tout est aussi calme et serein que le visage de mon frère qui dort, nullement préoccupé par le naufrage familial. Il laisse le destin nous ronger et ne désire rien changer, ne serait-ce que pour son propre bien.

Une tristesse insurmontable s'est abattue sur moi. J'ai envie de ne sais quoi au juste. Peut-être de ne pas vivre à notre époque, à moins que ce ne soit de ne pas être née, de naître plus tard, quand maman aura toute sa tête.

Je suis sortie. Le ciel est haut, les arbres brillent. Je n'ai pas fait ma toilette et la concierge me hèle, moqueuse :

— Il n'est pas un peu tard pour l'école, Pauline ?

Elle me montre l'horloge accrochée dans sa loge comme une terrible pièce à conviction.

— Occupe-toi de tes fesses, dis-je.

Je traverse le jardin, sans cesser de penser à Nicolas. Ce n'est pas en m'engueulant avec la concierge que je réussirai à endiguer mes angoisses. J'ai besoin pour cela de manger.

La Perle noire est vide. Le patron est assis à une table, les yeux brillants, les coudes largement écartés. Il découpe un bifteck, plante sa fourchette dans un morceau. Il mange vite, en buvant de la bière. Tantôt il s'essuie la bouche, tantôt il se penche sur son assiette où la viande semble crier à l'aide sous la lame.

— Les cuisines sont encore fermées, Pauline. Qu'est-ce que tu veux ?

— J'ai faim.

— T'en veux un morceau ?

Sans attendre ma réponse, il découpe de la viande qu'il pousse vers moi, me donne des couverts. « Mange, mange », dit-il la bouche pleine. Ses lèvres bavent quand il mastique.

— Ça te dit un Coca ?

— Si tu en as.

Il a ouvert une canette et, le temps que la boisson m'entraîne vers les sommets du bien-être, il a fouillé dans son pantalon et me dit :

— Regarde.

— Quoi ?

— Ça.

— Ça quoi ?

— Ça là. C'est pour toi. T'en veux ?

— Quoi ?

Ses yeux se sont révulsés. Il a sorti un mouchoir de sa poche et s'est essuyé.

— T'es vraiment une chouette fille.

Il a fumé une cigarette le regard fixé au plafond, silencieux, attendant quoi ? Que je lui dise que ce qui venait de se passer m'avait fait mouiller ? Que pendant qu'il se chatouillait, je pensais à Nicolas, que je l'avais dans la peau, qu'il était tout pour moi ?

Un soleil se cache derrière la branche d'un arbre dont je ne connais pas le nom. Je ne me sens ni bien ni mal. J'ai ouvert *Le Livre de ma mère*, j'ai recommencé à lire. Le restaurant est toujours vide, alors que les aiguilles de l'horloge sont presque à la moitié. Je lisse mes cheveux dépeignés tout en me concentrant du mieux que je peux sur la page devant moi. Il y a plein de mots difficiles. Je sais que la maman de l'écrivain est morte, ce qui explique qu'il écrive ces mots compliqués. Il y a comme un cirque dans ma tête, je souris.

— Qu'est-ce qui te rend si heureuse, Pauline ? demande le propriétaire de *La Perle noire*.

— C'est ce livre. Le type parle de sa mère qui est morte, il la décrit comme si elle était vivante, c'est vraiment bizarre, bizarre vraiment.

— Une mère, c'est très important, Pauline. Depuis que la mienne est partie, je suis plus le même. Est-ce que tu vas m'aimer un jour, hein, ma petite Pauline ? Autant qu'elle, je veux dire.

Peut-être a-t-il rougi quand il s'est aperçu que sa question était stupide. Son dos s'est voûté. L'accablement a rendu plus ténébreux son visage sombre et la pétrification de ses traits a quelque chose d'effrayant.

— C'est pas ce que je voulais dire...

— C'est pas grave, mon pote, on dit tous des choses qu'on ne pense pas.

Et ce n'était pas grave, même si à la télévision, M. Sarkozy ne cesse de rouspéter contre les Noirs, contre la repentance, contre la commémoration de l'esclavage. Je le trouve génial très souvent, con parfois parce que demander pardon à l'autre n'est pas en soi de la repentance, c'est juste reconnaître son humanité, c'est Lou qui me l'a dit.

Le vent souffle, des feuilles mortes volettent comme de la cendre. Des jeunes gens écoutent de la musique avec leur MP3 en dansant. D'autres jouent des coudes afin de démontrer qu'ils sont les chefs d'une bande aux objectifs incertains. Quelques filles se pomponnent à coups de rouge à lèvres, de poudre compacte et de blush. Penchés aux balcons des immeubles, des gamins de sept ou dix ans étudient les gestes de leurs aînés, parce qu'ils savent instinctivement qu'ils en feront usage plus tard.

Je mets le capuchon de mon anorak sur ma tête pour ne pas me faire remarquer, comme si, l'espace d'un moment, je ne voulais plus appartenir à cet univers de la rue. J'ai cru voir Nicolas venant en sens inverse et tenant par la main Adélaïde. Mon cœur a eu un raté, mais le couple a disparu de mon champ de vision.

Le salon de coiffure de maman se trouve à l'angle de la rue Hoche et de l'avenue Jean-Lolive. Il y a toujours pas mal de circulation à cette heure-là. Quelques candidats au massacre traversent la cité à vive allure, brûlant des feux rouges, parce qu'ils croient que nul avec toute sa tête ne peut y habiter, que c'est un lieu de transit. M. Deputiel, un retraité de chez Renault au teint très pâle et aux yeux noirs, relève le numéro des contrevenants puis téléphone à la police. Les gens le regardent faire, gênés, parce qu'il s'adonne publiquement à la délation alors qu'eux le font cachés derrière leurs volets.

— Alors, monsieur Deputiel, je lui demande, vous en avez piégé combien aujourd'hui ?

— Des dizaines, me répond-il fièrement. Je vais donner leur numéro d'immatriculation à M. Kleim du service des contredanses. Bientôt, je m'attaquerai aux dealers. Tu ferais mieux de dire à tes amis d'arrêter leurs activités illicites, sinon…

— Je ne suis pas dans ce genre de plans, monsieur Deputiel. Je ne touche pas à la drogue.

— Tu t'en approches assez pour en sentir l'odeur, fait-il en me reniflant.

— Oh, oh, je dis en m'éloignant.

— C'est mieux de fuir, Pauline, dit-il le plus sérieusement du monde.

Le salon de maman pue tout ce que l'univers a déjecté de toxique. L'espoir des laiderons de Pantin d'être transformées en bombes sexuelles les oblige à accepter d'être empoisonnées, convaincues qu'elles ressembleront aux mannequins frigides des magazines de mode. À main gauche, des femmes bigouditées mijotent sous des casques et téléphonent à tue-tête ; à main droite, des femmes encore, lisant des journaux à scandale pour oublier les brûlures du défrisant Skin Success. Une jeune fille pleurniche sous la morsure atroce de son premier défrisage.

— Il faut me laver les cheveux, gémit-elle. Ça fait trop mal.

— La beauté ne fait pas mal, rétorquent les autres candidates à la métamorphose, qui se mordent les lèvres pour ne pas laisser transparaître leur douleur. Supporte, ensuite tu seras belle.

Maïmouna, l'associée de maman, se tue au travail et maman la méprise. Quand son prénom résonne dans la pièce, Maïmouna sait qu'elle va subir l'humiliation d'une mise en plis mal faite, le camouflet d'une coupe ratée ou une belle engueulade suite à l'échec d'un défrisage. Elle se tord les mains, c'est tout, car Maïmouna est une bonne fille très laide, qui visiblement a décidé d'être la meilleure des coiffeuses en enfer. Malgré les mauvaises conditions de travail, son visage de chimpanzé est toujours illuminé d'un sourire bienveillant.

— Ma petite Pauline, mais que je suis heureuse de te voir ! Thérèse, regarde qui est là, fait-elle à maman, comme si j'étais un gâteau d'anniversaire.

Mais Thérèse ne tourne pas la tête vers moi, trop occupée à plumer une négresse aux tresses incurvées sur ses épaules. Elle décroche sur l'étagère des faux cheveux qu'elle colle sur la tempe de sa cliente.

— Ces mèches vont bien à votre carnation.

— Assieds-toi, Pauline, dit Maïmouna. Veux-tu boire quelque chose ?

Je me dirige d'un pas lent vers maman et, au fur et à mesure que je m'approche d'elle, son visage blanc devient écarlate. Je la regarde dans les yeux en pensant que cette femme m'a nourrie de ses seins, qu'elle a nettoyé mon vomi, qu'elle a mis son doigt dans ma bouche pour apaiser mes gencives, qu'elle m'aime malgré ses nerfs qui la tracassent. J'ai envie de lui dire, je t'aime maman, mais je demande :

— Dis, maman, il t'arrive encore de rêver de papa ?

Sa langue rouge s'agite par-dessus ses caries, puis elle dit :

— Tu veux les interpréter ?

— Je veux savoir, c'est tout.

— En dehors d'avoir raconté à la police que je vous maltraitais, à ce jour, tu ne m'as jamais demandé si j'étais fatiguée ou triste, si j'avais besoin d'un verre d'eau ou que quelqu'un me masse les épaules. D'où tiens-tu le droit de connaître mes rêves, hein ?

— Ne me réponds pas, maman. C'est pas grave.

Je sors en courant presque, bousculant des clients sur mon passage. Quand je me retourne, je vois à la lueur du crépuscule que ses épaules se sont affaissées, que ses mains tombent mollement le long de son corps, que ses yeux sont gonflés de larmes.

Au métro Hoche, une ambulance s'éloigne en hurlant. Des badauds se dispersent lentement comme si ce qu'ils venaient de vivre n'était qu'un film. Une femme agite les mains et lance d'une voix passionnée :

— Il faut créer un comité de soutien aux parents. Ce sont des monstres et ils sont plus nombreux que nous. Un gamin de quatorze ans vient de poignarder son père sous nos yeux… Il faut faire quelque chose… Je vous en prie.

Elle attrape des gens au passage pour les inciter à épouser sa cause :

— Écoutez-moi, écoutez-moi… On ne va pas se laisser massacrer par nos gosses, non ?

— Il faut prier pour qu'ils grandissent vite, qu'ils deviennent des adultes et nous serons débarrassés d'eux, lui répond une femme au visage constellé de taches de rousseur. Quand ils seront eux-mêmes devenus des parents, que leurs enfants les menaceront…, ajoute-t-elle avec un large sourire, savourant une victoire anticipée.

Je suis mécontente, malheureuse presque : les choses ne vont pas comme je le souhaite. Devant moi, marche une vieille dame en compagnie de son petit-fils. Elle parle d'enterrement, demande si les pompes funèbres respecteront ses dernières volontés, combien coûterait la cérémonie et s'il ne serait pas judicieux qu'elle profite de ses derniers jours pour faire le tour du monde. Je ferme les yeux. À travers mes paupières closes, je retrouve la lumière pourpre du soleil, une turbulence de points incandescents qui s'ordonnent et se désagrègent. C'est alors que je me souviens. Du moins, je crois me souvenir. Peut-être l'ai-je rêvé ? L'image de Dieudonné caressant les seins de maman s'est construite puis s'est brisée et, dans la déchirure, une autre image s'est superposée. J'ai vu la même chambre avec son chevet rouge bordel, la chambre de maman. Je suis allongée nue, Dieudonné est en train de sucer les seins de ma mère et c'est moi qui ressens ces sensations agréables. Mais alors ? Alors quoi ? J'ai surpris ma mère se faisant tripoter par son compagnon, quel mal y a-t-il ? Des enfants surprennent parfois leurs parents dans des postures indécentes, il n'y a aucun mal à ressentir de l'excitation devant ces images érotiques, n'est-ce pas ? Je me suis remise à marcher, remarquant à peine les gens qui se bousculent. Je tente de mieux discerner l'image, mais je n'y parviens pas. Puis j'entends des cris que je peux associer à l'image. Quelqu'un que je ne vois pas est debout dans l'entrebâillement de la porte et hurle : « Salaud ! Salaud ! Je ne te suffis pas, hein ? » Dieudonné baisse la tête et dit : « C'est pas ce que tu crois, Thérèse. »

10

L'angoisse m'oppresse la poitrine, lorsque je me réveille le lendemain. C'est cet Albert Cohen que je ne connais pas qui me perturbe, me dis-je. À quoi t'attends-tu, hein, pauvre conne ? Que ta mère te prenne dans ses bras, qu'elle te laisse enfouir ta tête entre ses seins ou je ne sais quoi ? Pourquoi cette belle espérance ? Je suis si mal dans ma peau que j'ai envie de passer les heures suivantes avec lenteur et sentimentalité, si possible. Alors, je décide d'aller à l'école, mais je suis très pessimiste sur mon courage à continuer d'y aller.

Je ne comprends pas pourquoi on enseigne l'histoire de l'Égypte aux jeunes à une époque où les bombes d'obédience américaine fracassent les maisons irakiennes afin de dissuader les Arabes de profiter de leur pétrole. Je me suis assise à côté de Mina. Elle ne me jette pas un regard, trop occupée à faire sa comptabilité de future mère célibataire.

Entrées	Dépenses
Allocations familiales : 380	Loyer : 150
Allocation parent isolé : 430	Lait : 72
Allocation logement : 130	Couches : 65
	Imprévus : 200
Total gains :	Total dépenses :
380 + 430 + 139 = 949	200 + 72 + 150 + 65 = 504

Bénéfice net : 949 - 504 = 445

À condition de ne pas dépenser inutilement l'argent à se nourrir.

Je la regarde en me disant que si mon amie est en train de rater ses études, elle ne ratera pas sa vie. Elle est à un tel niveau de prévoyance, qu'elle trouvera bien un homme avec qui elle concubinera, je suis certaine qu'elle finira son séjour terrestre entre Pantin et La Courneuve dans un F3 avec papiers à fleurs et meubles néo-rustiques de chez Conforama.

— À quoi penses-tu ? me demande soudain Mina.

— Je n'arrive pas à me souvenir du moment exact où les choses ont vraiment changé chez moi.

— Tu veux dire la date exacte à laquelle ta mère ne s'est plus occupée de vous ? Le jour J où elle a commencé à faire comme si vous n'existiez pas ?

— Oui, la date, mais aussi les indices, les cicatrices, les taches, si tu veux. Là-dessus, j'ai un blanc.

— Ton frère s'en souvient peut-être.

— Non, il a oublié. Peut-être que nous l'avons fait exprès ? Tout ce que je sais, c'est que lorsque Dieudonné est parti, les choses ont empiré.

— Un chagrin d'amour. Voilà qui l'excuse de vous avoir fait passer précocement à l'âge adulte.

— Mesdemoiselles, a crié le professeur d'histoire, pouvez-vous parler à haute voix afin de nous faire profiter de vos connaissances ?

— Il n'y a pas de scoop, a rétorqué Karsfeld d'un ton las. Tout le monde sait que Pauline est d'une famille à problèmes.

— Être issu d'une famille totalement barge est une chance, dit Lou. Les enfants déglingués ont une sensibilité à fleur de peau. Ils trinquent tant que leurs nerfs sont plus fragiles que ceux des autres. Pauline pourrait devenir actrice ou écrivain, peintre ou chanteuse d'opéra, qui sait ?

— Tu la boucles, pétasse, ou je te ratisse les cheveux, je la menace.

— Pourquoi es-tu fâchée ? demande Lou en tournant vers moi un regard plein de tendresse. Je te donne des pistes à explorer pour ton avenir. C'est quand même mieux d'être adulée par des milliers de fans que de mourir alcoolique et pauvre, non ?

— Mais qu'est-ce que t'en sais, de mon avenir ? T'es pas le Bon Dieu, que je sache.

— C'est pas compliqué. Ma mère dit que les filles de ton espèce finissent avec des taulards dans le pire des cas et, dans le meilleur, épousent des ploucs qui postulent à *L'Île de la tentation*.

Il y a des moments où les nerfs sont à bout, où on ne peut plus développer des trésors de patience. Je l'ai giflée si violemment qu'elle a dû voir des anges. Puis j'ai écrasé sa gueule sur son pupitre. Elle est tout de travers et les élèves rient, applaudissent, m'encouragent :

— Ouais, Pauline, vas-y ! Bousille-la ! Tue-la !

Ils sont heureux de ce moment de distraction qui leur permet d'échapper à l'ennui. Quelqu'un m'a attrapée par le collet, je ne sais qui, puis m'a saisie à la ceinture et m'a envoyée choir. C'était le professeur. Il est furieux parce que j'ai frappé Lou, la chouchoute, celle qui donne l'impression aux enseignants de servir à quelque chose. Déjà, il la serre dans ses bras, la console, puis il dit au travers d'une colère sèche :

— Sortez de ma classe, Pauline.

— Je ne voulais pas être méchante avec toi, Pauline, dit Lou. Je blaguais.

Je ne me suis pas fait prier pour me jeter dans la rue et marcher comme un jeune qui n'a plus rien à perdre ou un vieillard qui hésite à faire le grand saut. Un soleil guimauve chauffait les fenêtres des immeubles. J'ai remonté l'avenue Jean-Lolive pour aller rue Benjamin-Delessert. Je suis si désemparée que j'ai envie de voir Nicolas. Je veux qu'il me rassure. Qu'il me dise je t'aime, *te quiero, ma ding woa*. Je suis prête à n'importe quoi pour entendre ces mots. Je suis disposée à lui clamer qu'il est mon cheik yéménite, mon imam saoudien, que j'accepte d'être sa septième épouse, de revêtir le voile, qu'aucun autre ne verra plus la couleur de mes yeux, pourvu qu'il me prenne par la main et me console.

Mon cœur tremble comme un petit oiseau lorsque je sonne. Le père de Nicolas m'ouvre. C'est un gros et de prime abord, il est gentil comme les gros. Puis on se dit que derrière sa gentillesse se cache sûrement une grande violence. Des poils dépassent de son tee-shirt. Je dois avoir grincé des dents puisque son visage d'ancien acnéique s'est rembruni. Il m'a fait une espèce de sourire vite évanoui et a mis son bras en travers de la porte.

— Nicolas n'est pas là, me dit-il précipitamment.

Je continue à le dévisager, j'espère, j'attends je ne sais quoi. Un nuage est passé devant le soleil et Nicolas est apparu en tenant Adélaïde par la main. On dirait qu'ils sont éternels, que leur bonheur n'en finit pas, qu'ils n'en finissent pas d'être heureux.

— Qu'est-ce que tu fais là, toi ? me demande Nicolas.

— On est fiancés, Nicolas. L'as-tu oublié ?

— Parce que tu penses sincèrement que je vais épouser une fille qui n'est même plus vierge ?

— Tu m'as promis qu'en dehors de huit ou neuf autres, tu n'aimes que moi, je rétorque, pathétique.

— Parce que tu y as cru ? T'es vraiment débile.

— Quoi ? Tu oses m'insulter ? Viens, viens ici que je te casse la gueule !

Il y a un sourire étrange sur le visage de son père lorsqu'il me ceinture pour m'empêcher de m'approcher du couple.

— Calme-toi. Ça ne sert à rien de se battre.

La chienne de la voisine s'est mise à aboyer, elle a sauté par-dessus la grille. La vieille dame est sortie en peignoir sur sa véranda.

— Lulu, reviens ici immédiatement !

La chienne a regardé dans sa direction puis, comme affolée, a traversé la rue, j'ai entendu un crissement de pneus.

— Il a écrasé ma Lulu !

Elle se précipite dans la rue.

— Ma Lulu, que vais-je devenir sans toi ? Mais qu'attendez-vous pour appeler une ambulance ? gronde-t-elle. Ma Lulu est blessée.

— Que doit faire une femme lorsque l'homme qu'elle aime en aime une autre ? je demande au père de Nicolas, tandis que le couple s'éloigne.

— Attendre qu'il se lasse de sa nouvelle conquête et lui revienne... Peut-être.

— Alors, j'ai tout mon temps.

Une sensation de flottement me gagne, je marche lentement, mes bras pendent le long de mon corps. Je renonce volontairement à toute activité cérébrale, j'abdique toute énergie, jusqu'à ce que mon bel amour me revienne. Je t'aime, *te quiero mi amor, ti amo*. J'essaie de ne pas songer à cette douleur dans mes tripes, provoquée par la lame d'un couteau invisible qui charcute la confiance que j'ai en l'amour. Tenir bon et raide. Je traverse la rue avec lenteur. Je m'arrête au bord du trottoir, je regarde le restaurant *À la perle noire*, puis je m'avance. À l'abri d'un arbuste, je baisse mon pantalon et relâche mon corps. Je pisse longuement.

Et là, dans ce jardin, au milieu des gazouillis d'oiseaux qui chantent Dieu seul sait quoi, je sens une honte irrépressible chatouiller mon esprit. Comment ai-je pu tolérer que Nicolas me traite comme le souvenir des dernières règles de sa grand-mère ? Je suis blessée et je trouve cette souffrance curieuse. Je m'aperçois qu'on a beau avoir quinze ans, pâtir du désamour de sa mère, être orpheline de père, être habituée aux saloperies du monde, on a encore mal, très mal. C'est un salaud, me dis-je, un assassin des émotions, mais que veux-tu ? Je l'aime. Pendant que je ressasse cette marmelade de sentiments, une main s'est délicatement posée sur mes épaules. Je regarde ces mains fortes et délicates. Ce sont les mains d'un homme, celles du père de Nicolas. Ses yeux marron sont remplis d'une pitié si vaste qu'elle me fait éclater en sanglots. Il me prend dans ses bras, je sens l'odeur de son after-shave et la douceur de sa peau contre la mienne.

Nous sommes restés collés l'un à l'autre jusqu'à ce que la première étoile apparaisse dans le ciel, que la nuit arrive, grouillante de ses bruits si particuliers.

— Être une femme, Pauline, c'est apprendre à contrôler ses émotions, tu comprends ?

— De quelle femme parlez-vous ? Noire ou blanche ? De la banlieue ou de Paris ?

— Il n'y a aucune différence, Pauline, que la femme soit blanche ou noire. Elles portent pareillement les péchés du monde. Ce que je voulais te donner, c'est une leçon de biologie, un point, c'est tout.

— Peut-être... Mais selon qu'on est blanche ou noire, qu'on vit à Paris ou en banlieue, c'est pas pareil, pas vrai ?

— Ouais. Mais le cœur reste pareil. Il y a le même kilo de sang et il réagit pareil, tu comprends ? Ça saigne pareil. C'est toujours une leçon de biologie, tu comprends ? Et chez les femmes, le cœur est encore plus fragile et doit supporter tous les coups qu'un mec va lui donner. Infidélité, trahison et peut-être bastonnade.

— Et si je me transformais en œuf pour ne plus souffrir, hein ?

— Ça serait bien dommage. Tout le monde va t'exploser avec seulement la main. Le mieux, c'est encore d'être une femme.

J'éclate de rire. J'étais assise dans ce jardin, pleurnichant, prête à me mettre en boule pour crever, et voilà que maintenant je m'étrangle de rire, la tête penchée en arrière, me tapant les cuisses des deux mains. C'est peut-être à cet instant précis que j'ai accepté de devenir la maîtresse de ce vieillard de seize ans mon aîné, qui a un nom à coucher dehors : Pégase.

On a marché vers sa maison aussi silencieux que deux tombes, chacun plongé dans l'agitation de ses pensées. Des mères ravies des fossettes de leur bébé font des guili-guili. Une jeune fille entalonnée déambule aux côtés d'un grand roux barbu. « Merde, ma femme », chuchote-t-il en s'écartant de la jeune fille qui s'éloigne en riant. Un vieux debout sur son balcon ôte un thermomètre de sa bouche et regarde avidement les traits gradués.

La voisine est en train d'enterrer sa chienne sur une musique de Mozart ou quelqu'un de ce genre. « Alléluia, alléluia, alléluia, alléluia ! » Ça jette tant de décibels que le chant couvre presque le bruit de la pluie qui s'est mise à lessiver le mur. Elle lève vers nous des yeux assoiffés de réconfort, mais comme je n'ai pas la force de laisser mes émotions aller dans une direction imprévue, je l'ignore. Je demande d'une voix neutre :

— Où est Nicolas ?

Pégase répond :

— Il est sorti. Pour toute la nuit peut-être.

— Ah !

Dans le silence de la chambre, les pieds enfoncés dans la moquette bleue tachetée, nous nous tenons l'un en face de l'autre, nous observant pendant que nous ôtons nos vêtements. Mon jean. Son pull et son pantalon. Mon col roulé et mes chaussettes. Son maillot et son caleçon. Mon soutien-gorge. Jusqu'à ce qu'il n'y ait plus rien à enlever, que nous soyons aussi nus que les paumes de nos mains, un homme et une femme, le mâle quelque peu vieillot et la femelle un brin encore immature dans sa constitution. On ne cherche pas à s'épater l'un l'autre. Mon désir pour lui est aussi limpide que les raisons pour lesquelles j'ai aimé son fils sont obscures. Je ne veux pas qu'il soit mon ami. Je n'attends rien, n'espère rien. Je veux juste me pelotonner contre la douceur de sa peau, m'enrouler autour d'un fugace plaisir... Et rendre Nicolas jaloux.

Je le laisse m'emporter dans une bourrasque de vent chaud. Je flotte hors du temps, me libère de la peur, de l'angoisse. Je ne veux pas revenir à la réalité de cet univers froid où mon avenir est si incertain, si grelottant.

Un peu plus tard, il a allumé deux cigarettes, en a accroché une entre mes lèvres et m'a demandé :

— C'est la première fois que tu fais l'amour avec un vrai homme ?

— Pas vraiment.

Il a un petit rire, passe sa langue rose sur mes tétons, puis sur la toison noire de mes poils pubiens et ordonne :

— Raconte.
— Quoi ?

— Les autres. Comment c'était ? Imaginer des rapports sexuels dégradants m'excite. Tu dois tout me raconter si tu dois devenir une habitude. Tu comprends ?

— Non.

Mes yeux sont exorbités. Je m'agrippe aux draps tandis que mes pensées s'emmêlent et grondent. Je saute du lit, furieuse. Il est responsable du nouveau péché que je viens de commettre. À quinze ans, j'ai à mon actif la gamme complète des péchés à l'exception de tuer et jusqu'à ce jour je n'avais jamais commis l'adultère. Comment a-t-il pu se montrer aussi irresponsable ? C'est fini, me dis-je. C'est terminé... Je ne le reverrai plus.

— Dois-je comprendre que tout est fini entre nous ? me demande-t-il en me voyant revêtir mes vêtements.

— Non, dis-je. Mais il faut que j'y réfléchisse.

Je me dirige vers la porte. Dehors, j'espère pouvoir fondre en larmes, vomir ou m'éclater la tête en la cognant contre un mur.

Il m'a fait un baiser depuis la fenêtre de la chambre, « Je t'aime », a-t-il lancé. Je n'ai pas réagi, il n'a pas besoin de ma compassion. Il n'a pas perdu son innocence. Lui.

11

Je suis allée au bord du canal. Assise sur ce quai, j'ai fumé plusieurs cigarettes, le regard posé sur la ville endormie. J'ai attendu que le soleil se lève, alors j'ai continué à lire *Le Livre de ma mère*, jusqu'à ce que Pantin se réveille, que ses habitants petit-déjeunent, se douchent, s'engouffrent dans le métro pour aller travailler ou mendier place de Clichy.

C'est possible de quitter cet endroit, me dis-je. La maman de Nicolas l'a bien fait, elle. Elle a largué mari et enfant pour épouser un Blanc riche et puissant. Elle vit dans un bel appartement à Paris, organise des fêtes somptueuses sur une magnifique terrasse, part en vacances dans un bateau mouillé à Cannes. Si certains croupissent ici, c'est parce qu'ils ne rêvent pas.

Puis j'aperçois mademoiselle Mathilde qui court dans ma direction. Ses cheveux volent dans le vent. On dirait de minuscules mille-pattes. Des chauves-souris s'affolent dans mon crâne. Je ne veux pas voir cette femme qui sait vivre avec ses pareils, qui sait quelle est sa place dans la société, qui est si bien dans sa peau qu'elle peut se permettre de faire son sport en jogging rose, avec des baskets roses et un bandeau rose sur son front. Qui veut me raccommoder. Qui ignore que lorsqu'une chaise est cassée, on a beau la réparer, elle ne forme plus une totalité. Que son équilibre est brisé. Ou du moins je ne veux pas qu'elle me voie dans les mêmes vêtements tristes que je porte depuis trois jours. Qu'elle contemple ma misère. Qu'elle fixe mes cheveux en broussaille qui n'ont pas vu l'ombre d'un peigne depuis des jours. Je tente de me dissimuler, mais elle me fait des signes de la main.

— Pauline ! Pauline !

Elle s'approche, l'humeur badine, et même plutôt sans-gêne. Sûr que si j'avais été une totale inconnue, elle se serait détournée ou aurait eu peur, ou au mieux m'aurait regardée avec curiosité. Mais là, rien de tout cela, rien que de la perverse bienveillance.

— Tu es bien matinale, Pauline.

— C'est pas difficile dans mon cas, j'ai pas dormi.

— Est-ce que tu sais que ne pas dormir, c'est mauvais pour la santé ?

— J'aime pas ma maison. Elle me fait peur.

— Mais qu'est-ce qui se passerait si le pire arrivait ?

— J'en sais rien, merde. En outre, c'est pas votre problème.

— Faut bien que tu t'en sortes. Comment comptes-tu t'y prendre ?

— Je veux devenir célèbre.

— Mais dans quel domaine ?

— Célèbre.

— Dans le cinéma, la chanson ?

— Célèbre.

— Mais comment feras-tu ?

— Je serai célèbre, c'est tout. Je vais amasser assez de fric pour vivre comme je veux et me faire respecter.

— C'est bien de rêver, Pauline. Mais en attendant que tu deviennes célèbre, tu viens avec moi prendre un petit-déjeuner et te doucher.

— Vous voulez vous emmerder à me prendre en charge ?

— Je suis masochiste. Cela vient de mon enfance.

On a commencé à marcher. J'ai un peu mal à ma jambe, celle qui est plus longue que l'autre. Je boitille, elle me demande :

— Tu as mal ?

— C'est la fatigue. Un peu de repos et ça n'y paraîtra plus. Et votre enfance ?

— Quoi mon enfance ?

— Je croyais que vous vouliez m'en parler. L'écoute fait partie de mon attirail de survie, mademoiselle.

On a éclaté de rire. Le long des trottoirs, des poubelles renversées déversent des bouteilles de lait, des coquilles d'œufs et des papiers d'emballage puants. Des matelas éventrés étalent leur obscénité au soleil. Des chaises cassées et des frigos démontés jonchent la chaussée.

— Comment faire prendre conscience aux gens qu'ils ne doivent pas déposer leurs détritus n'importe où et n'importe quand ? interroge mademoiselle Mathilde.

Elle envoie un long crachat sur le sol.

— Oh, nous on est habitués. Vous allez vous y faire, mademoiselle.

— Je ne crois pas. Moi aussi j'ai grandi dans un quartier pas très folichon.

— Vous ?

— Mon père était O.S. chez Peugeot et ma mère s'occupait de la maison, de mes deux frères et de moi. Tu sais, Pauline, il n'y a pas de prédestination dans la vie.

— C'est pas ça. C'est à cause de cette photo de vous enfant que j'ai vue sur votre commode. Votre visage est légèrement détourné de l'objectif et penché vers la droite : on dirait que vous vous demandez quel est le nom de la capitale du Congo. Il n'y a que des enfants de bourges pour avoir cet air-là.

— Curieux ton raisonnement, vraiment curieux.

Elle me raconte sa petite enfance à Bondy dans la cité. Elle parle de son père qui a abandonné sa mère pour une femme plus jeune, classique salaud et classique imbécile parmi des milliards d'autres. Je décèle un brin de mépris et de compassion dans sa voix lorsqu'elle l'évoque. Elle me parle de ses deux frères qui ont abandonné leurs études, elle espère qu'ils vont se ressaisir, autrement, elle craint le pire. Sa tendresse pour eux m'émeut, son inquiétude aussi. Plaisir et souffrance s'entremêlent lorsqu'elle parle de sa mère, qui a consacré sa vie à les éduquer, et à laquelle elle verse une petite pension pour qu'elle survive. Quand je lui prends la main, elle ne me repousse pas.

— Vous êtes une fille épatante, lui dis-je. Et courageuse.

— Toi aussi, Pauline. Tu t'en sortiras, j'en suis certaine.

J'ai pris une douche chez mademoiselle Mathilde. Lorsque je sors de la salle de bains, elle boit du café assise sur son gros canapé marron.

— Tu te sens mieux ? me demande-t-elle.

— C'est un luxe que je ne peux pas me payer, mademoiselle. J'ai toujours vécu en improvisant ma vie et en me fiant à mon instinct.

— Thé, café ?

— Chocolat, s'il vous plaît.

— Tiens, enfile ça en attendant, dit-elle en m'envoyant un jogging vert que j'attrape au vol.

Les coutures craquent sous les aisselles dès que je l'enfile. Je suis à l'étroit dans ses vêtements. J'ai l'air d'un boudin sur pattes.

— Ben, dites donc, vous avez vraiment la taille d'une petite fille, mademoiselle.

— C'est peut-être toi qui grandis trop vite, Pauline.

J'ai commencé à dévorer mon repas avec appétit, mais, après quelques minutes de mastication, j'ai éprouvé une gêne. J'ai cessé de manger et, m'appuyant au dossier de la chaise, j'ai demandé :

— Qu'est-ce qui vous prend de vouloir m'aider ?

— Peut-être parce que je me reconnais un peu en toi.

— Je ne suis pas digne de confiance, vous savez ? Je pourrais vous voler si vous me laissiez seule ici. Je vous conseille d'ailleurs de cacher vos biens les plus précieux.

— Je n'en ai pas. Un salaire de prof ne va pas chercher loin. En réalité, je me méfie de toi.

— Alors, pourquoi voulez-vous que je reste ?

L'astuce consiste à l'obliger à répondre aux questions qu'elle se serait posées dans l'intimité de son cœur. C'est le meilleur moyen pour moi d'anticiper, de contrôler la situation : maintenir mademoiselle Mathilde en déséquilibre, lui donner l'impression que je lis dans sa tête.

— Il est l'heure pour moi d'aller travailler, Pauline, dit-elle en regardant sa montre. Tu peux rester te reposer. Ensuite, on avisera.

— Ça signifie quoi, au juste ?

— Je veux que tu me promettes de reprendre une scolarité normale.

— Je ne suis pas débile, vous savez ? Je suis tout à fait capable d'aller à l'école, d'avoir mon brevet, voire plus, si affinités.

— Très bien. Je t'apporterai des vêtements en rentrant.

— Vous voulez faire mes courses ?

— Ça te gêne ?

— Oh, que non, bien sûr.

Je l'embrasse et la couvre de cette mélasse écœurante de mots en saccharose. Elle va voir, je vais me surmener, je ne la décevrai pas. En réalité, ce qui m'intéresse, c'est prendre mon petit-déjeuner peinarde, dormir du sommeil des braves et oublier les circonstances qui m'ont amenée à la situation catastrophique dans laquelle je me trouve. Mademoiselle Mathilde n'est qu'un moyen comme un autre de poser un peu mes bagages, de reposer mes vertèbres, de réfléchir loin du stress familial, de me désembrouiller le cerveau, ensuite chacune reprendra sa route et à la revoyure.

J'ai fait la vaisselle. J'ai rangé sa chambre, puis je me suis allongée sur le canapé-lit et je me suis endormie sans l'ombre d'un cauchemar. Je me suis réveillée désorientée, la gorge sèche, l'estomac noué. J'ai entrouvert la porte de l'appartement pour sortir. J'avais envie de revoir Nicolas, de me jeter dans ses bras et de lui dire que je lui pardonnais ses infidélités et ses insultes. Sur le palier du second, une voix de femme a retenti :

— Dieu va te punir, Alexis. Son jour viendra, je te le jure.

Je me suis mise à hurler dans ma tête, comme si, en faisant un pas de plus, je risquais de tomber dans une trappe. Je dois être là quand mademoiselle Mathilde va revenir, me suis-je dit. C'est quelqu'un de sympathique, la seule personne qui s'intéresse à moi et, pour l'instant, mieux vaut ne rien tenter d'autre.

J'ai allumé la télévision pour endiguer cette envie de sortir. Dans la cuisine, j'ai découpé des tomates, des oignons et ils ont grésillé dans l'huile, expédiant dans les limbes la voix du vent qui tintait à mes oreilles. Je veux affecter une stabilité et une générosité capables de gommer les *a priori* de mademoiselle Mathilde. Finalement, tout se réduit à une question de mise en scène et je n'ai qu'à jouer mon rôle d'héroïne sauvée des eaux.

Quand elle revient de l'école, je suis assise à même le sol, regardant la série de l'après-midi. Je lui désigne l'écran, lui dis qu'il serait vraiment magnifique d'être immortel, comme l'acteur principal, qu'on aurait ainsi le temps devant nous pour réparer nos erreurs.

Elle vrille sur elle-même, contemple la table bien mise et ne me répond pas. Elle drape ses émotions dans une grande sobriété, me fait le sourire de la Dame de cœur.

— Chapeau, Pauline, me dit-elle simplement.

— C'est rien, mademoiselle, dis-je, tel un homme que son amante vient de complimenter sur la longueur de son sexe.

Je suis la transe chaotique et jubilatoire d'une musique techno lorsque nous passons à table. Chaque bouchée lui arrache des soupirs de plaisir à damner le diable et ses cornes. Je trouve des mots qui la flattent, la taquinent ou la font rire. Je suis dans une exhibition consciente, un tourbillon de bouffonneries que je dédie à ma bienfaitrice. Mon but est de l'empêcher de penser que je lui coûte cher.

— As-tu terminé *Le Livre de ma mère* ? me demande-t-elle soudain en reposant ses couverts.

— La question est : pourquoi m'avez-vous donné ce livre ?

— Pourquoi pas ?

— Parce qu'il est triste.

— Mais riche d'enseignements. Il nous apprend qu'une mère est la colonne vertébrale de toute individualité. Toi, par exemple, tu aimes ta mère, même si tu refuses de te l'avouer.

Furieuse qu'elle touche du doigt le problème qui me hante, j'ai débarrassé la table et fait la vaisselle. Mademoiselle Mathilde s'est mise à corriger des copies. Il y a de la tristesse dans ses hochements de tête lorsque ses mains dessinent des mauvaises notes. La lumière de l'ampoule jette des reflets or sur ses cheveux. Qu'elle est belle, me dis-je. Je reste sans bouger comme si le moindre battement de mes cils avait le pouvoir de la faire disparaître, me laissant un souvenir, rien de plus, une chose dont je parlerais avec émerveillement quand je serais vieille, mais ça je ne le veux pas.

— J'ai parlé avec ta maman aujourd'hui, me dit-elle brusquement en levant les yeux dans ma direction. Elle prétend que c'est toi qui veux vivre dans la rue.

— Et vous la croyez ? Quel culot ! C'est pas moi qui hurle des obscénités et fais claquer les portes parce que je crois que ma fille a couché avec mon mec.

— Elle prétend que tu as continué à le voir alors que le juge a interdit qu'il t'approche, c'est vrai ?

J'ai rencontré Dieudonné par-ci par-là, suite à un coup de fil. Je lui ai demandé de revenir à la maison. Je voulais que maman retrouve le sourire, ce sourire qu'elle avait lorsqu'il la prenait dans ses bras et qu'elle frémissait comme Scarlett O'Hara. Il me répondait qu'il y avait des fosses qu'il valait mieux ne pas remuer, qu'il avait trop souffert, qu'il préférait se trouver une jeunette moins que rien, qui l'empêcherait de finir sa vie dans un asile pour troisième âge.

— Vois-tu toujours ton ex-beau-père ? a insisté mademoiselle Mathilde.

— En lisant ce livre d'Albert Cohen, je me suis aperçue que finalement la mort est peut-être la meilleure des solutions, dis-je, évitant ainsi de répondre à sa question. Si mon père était vivant, si c'était un salaud ou un gangster, vous imaginez le drame ?

— Pourquoi continues-tu à voir ton beau-père ? Il t'a causé beaucoup de tort.

— À moi ? Pas du tout, du tout. Mais à maman, oui. Il lui a montré les portes du paradis, mais il a oublié de lui en donner les clefs.

On s'est regardées et on a éclaté de rire. Et c'est ainsi que ma vie de fille ordinaire a commencé, ce quotidien si banal qu'il ne contient rien d'intéressant qui puisse inspirer un poète.

12

Mon changement a fait l'effet d'une bombe sur les gens de Pantin. Ils m'ont d'abord regardée en silence, pleins de retenue, de langueur admirative « Oh, oh », et puis, les premiers jours de stupeur passés, leurs voix se sont élevées dans un charivari de mots, enflant, tonitruant et débordant : « T'as vu ça ? – Quoi ? – La Pauline... » Les adultes se donnaient l'accolade d'allégresse. J'avais été leur rose de Damas, leur épée de Damoclès. Dorénavant ils n'avaient plus à craindre que j'influence négativement leurs enfants. Les voyous s'inquiétaient. Que deviendrait le monde si tous les délinquants décidaient de devenir de braves citoyens ? Ils n'osaient pas imaginer la platitude de l'univers sans vols, viols et meurtres. « Ah, sacrée belle pute de France ! s'exclamaient-ils. Elle finit toujours par baiser tout le monde, même les plus rebelles. » À l'école, c'était plus qu'une métamorphose à laquelle assistaient mes camarades. Ils dilataient leurs pupilles devant mes pantalons honnêtes et mes pulls près du cou.

— T'es sûre que t'as pas besoin d'un arrêt maladie ? m'a demandé Lou durant le cours de maths en triturant sa narine gauche.

— Pourquoi ?

— Parce que c'est pas toi, m'a-t-elle répondu, et elle a essuyé sa morve sur sa chemise.

— Et c'est pas bien ?

Elle a haussé les épaules.

— Sais pas.

Elle a passé sa langue sur ses lèvres roses.

— C'est curieux.

Elle a tiraillé ses cheveux bouchonnés.

— C'est comme si mademoiselle Mathilde avait fécondé un nouveau toi, et ça, c'est pas physiquement possible, ni génétiquement d'ailleurs.

— Elle a réussi, pourtant.

— Ouais. Ouais. Mais ma mère dit toujours qu'on ne peut pas remplacer le vice par la vertu, mais un vice par un autre, tu comprends ? On peut remplacer la délinquance par la prostitution, l'alcool par la drogue, la cigarette par la nervosité. Qu'as-tu choisi ?

— Mais où vas-tu chercher des idées pareilles !

— Silence ! a hurlé M. Denisot en tapant du poing sur sa table, et nous avons été bien obligées de nous taire.

Ma modification a tellement bouleversé mon assistante sociale qu'elle est devenue hystérique. « Pauline a changé ! » ne cessait-elle de s'étonner comme si elle était face à une femme stérile et qui tombe enceinte à la ménopause. Elle téléphonait à mademoiselle Mathilde, fébrile et impatiente. Sa voix grésillait dans l'appareil :

— Comment ça a été aujourd'hui ?

— Bien, bien, répondait ma bienfaitrice, comme on l'aurait dit d'un malade dont tous craignent une rechute. Elle est allée à l'école. Elle n'est pas sortie. Elle a travaillé.

— Grâce au ciel ! disait Mme Jamot. Pauline n'est pas une mauvaise fille. Vous serez convoquée chez le juge pour officialiser le fait qu'elle habite chez vous. Maintenant, il est clairement établi que...

... Que maman est la cause de ma disjonction comportementale. D'ailleurs, nos voisins ne répondent plus à son gentil bonjour et le boucher la sert maintenant à contrecœur. « Chassez le naturel et il revient au galop », lance-t-elle en guise d'allez-vous-faire-foutre. Hier, alors que mademoiselle Mathilde et moi faisions des courses chez Casino, j'ai vu venir en sens inverse une Rubens tremblotante et rose avec des seins qui ballottaient dans un chandail vert fluo. C'était ma mère. Elle semblait solide et rayonnante. Elle a regardé mademoiselle Mathilde fixement, les mains posées sur ses larges hanches, puis elle lui a dit :

— Quelle belle farce !

— ...

— Je vous assure, mademoiselle, chassez le naturel et il revient au galop. Pauline n'est qu'une sale hypocrite.

— ...

— Vous prenez un véritable risque à l'accueillir chez vous. C'est un danger public.

— ...

Puis elle s'est éloignée en riant, disant qu'elle était heureuse de me savoir ailleurs, qu'elle respirait enfin depuis que je n'étais plus à la maison pour perturber sa vie.

J'ai eu soudain envie d'aller aux toilettes, de me laver les mains, tant je me sentais nerveuse. Je me suis mise à mettre n'importe quoi dans le caddie, rouleaux de papier-toilette, serviettes-éponges, rouges à lèvres, paquets de biscuits, que mademoiselle Mathilde replaçait dans les rayons.

— Calme-toi, Pauline. Je suis là et j'ai confiance en toi.

Quand ça lui a paru suffisant, elle a pris ma main et m'a entraînée loin de cette apparition funeste en me disant qu'il fallait que je m'en détache.

Mademoiselle Mathilde veut me faire changer d'univers, enlever les toiles d'araignées qu'il y a dans ma tête, me faire oublier les blessures de l'enfance. Ce soir, elle m'a emmenée dans une soirée intellectuelle où les hommes en chemise blanche fument des cigares cubains, emploient des mots profonds comme « le moi et l'inconscient, l'irréalité de l'être, l'en deçà de la bêtise »... et où les femmes portent des vestes Dior et des sacs Prada.

Je me suis assise sur une chaise, vêtue de ce tailleur bleu marine que m'a offert mademoiselle Mathilde, avec mes rêves et mes cauchemars emmêlés à mes cheveux. Je les entends parler, je ne comprends rien à ce qu'ils racontent, mais je me sens doucement heureuse, habitée par l'orgueil prémonitoire d'appartenir à la cohorte des grands hommes de notre si petit univers. De temps à autre, je souris à ce que je suis, une délinquante en rupture d'emmerdements. Mais, l'ambiance vanité, assurance, supériorité a fini par me vriller les tempes. Mes amis me manquent. Où est donc Mina ? Le fantôme de Nicolas s'immisce dans ma conscience, tandis que celui de son père et son visage de phacochère tentent une intrusion que je repousse. J'ai envie de… Pas ça, me dis-je, ça va s'effacer.

Les amis de mademoiselle Mathilde ont enfin daigné abaisser la pointe aiguë de leur savoir sur ma personne.

— Alors, comment va ta jeune protégée, Mathilde ?

Mademoiselle Mathilde a eu une petite rosée sur les joues comme si on venait d'accrocher une médaille sur sa poitrine.

— Bien, très bien, a-t-elle répondu.

Lorsqu'ils ont eu fini de sonder les limbes de la connaissance, que tous les cigares se sont écroulés au bout de leurs doigts jaunis, nous sommes rentrées. Une soupe et au lit.

La bonne volonté est une belle idée, mais elle peut nous dénaturer. L'obsédant désir de revoir mes amis commence à me mettre dans une colère sèche. Il hante mes pensées, me persécute jusque dans mon sommeil. J'ai beau essayer de regarder la télévision jusqu'à des heures tardives, m'abîmer dans un sommeil paradoxal, fuguer avec la première image qui passe par là, celle de DiCaprio, il ne me lâche pas. Et comme je n'arrive plus à me dépêtrer de cette dévorante passion, j'ai attendu que Mademoiselle Mathilde s'endorme et je suis sortie de l'appartement sur la pointe des pieds.

J'ai marché dans la nuit en me disant que je déteste la terre entière, moi en tête, que j'ai envie de me suicider, mais qu'avant de m'envoler au pays des astres morts, je veux une dernière fois me retrouver au *Sanctuaire*, là où on n'entend pas le mugissement du vent, là où l'air sent le moisi, là où les tabourets et les bancs ramassés dans les poubelles pantinoises accueillent nos fesses en formation jubilatoire.

Le *Sanctuaire* est bien ambiancé lorsque j'y pénètre. Des lampions de diverses couleurs suspendus à des fils électriques vous donnent l'impression d'être dans une fête foraine, mais on n'est pas chez les ploucs. Des gars boivent, rient, se frappent dans les mains en expédiant dans les airs des exhalaisons de hasch. D'autres dansent sur une musique de Beyonce et, comme les filles ne sont pas encore siliconées, ils se donnent un mal de chien pour s'exciter. Derrière un rideau rouge, des mecs s'offrent les services d'une gonzesse légèrement tapineuse qui accepte d'être baisée en échange de quelques euros qu'Ousmane, le propriétaire du *Sanctuaire*, encaisse.

— Allez-y doucement, a supplié la demi-tapineuse.

Je me suis assise à côté de Mina en regardant ailleurs, je n'ai pas besoin d'une perte d'enfance supplémentaire. Un garçon, un sourire irrésistible aux lèvres, a dodeliné de la tête devant ses cuisses écartées.

— T'aimes, ne mens pas, t'aimes, pas vrai ?

On a allumé des clopes qu'on a portées maladroitement à nos lèvres.

— S'il vous plaît, s'il vous plaît, a dit encore la fille, mais un autre type lui a répondu :

— Continue à supplier, c'est plus excitant.

Ousmane a regardé dans notre direction. Il y a dans son regard quelque chose de haché comme une prière muette. On dirait qu'il quémande au ciel de lui envoyer quelqu'un qui l'aime.

— Pitié, a murmuré encore la fille.

Un garçon sort de derrière le rideau, ses doigts

fouillent on ne sait quoi. Ce n'est que sa braguette qu'il referme. Il glisse un billet de dix euros au corbeau et s'exclame tout en nous fixant dans le blanc des yeux.

— Extra, mec ! Elle baise comme un garçon, elle m'a tout pris.

C'est alors que Lou est entrée. Pour l'occasion, elle a voulu paraître aussi envoûtante qu'une actrice porno. Sa robe excessivement courte découvre ses cuisses de grenouille habituées à être moulées dans des jeans. Elle s'est enflammé les paupières avec le rouge à lèvres de sa mère et ressemble à Cruella dans *Les 101 dalmatiens.*

— C'est carnaval aujourd'hui ? je demande en m'avançant vers elle, furieuse devant sa fragile innocence.

— Pourquoi ? Tu ne me trouves pas mystérieuse et énigmatique ?

— C'est pas ta place ici.

— Où alors ? À l'école ? J'en ai marre, moi, de l'école.

— Oh, que non ! lui rétorque Mina en nous rejoignant. Tu vas continuer à mener ta vie peinarde, à fleurer bon le sous-bois et l'eau de Cologne, sinon, je te casse tes pattes de sauterelle.

— Pourquoi ? J'ai rien fait de mal, moi. J'en ai ras le bol d'être toujours à la maison. J'ai le droit de vivre, moi aussi.

— Non, lui dit à nouveau Mina. Tu vas pas devenir comme nous, pas vrai ? Et si tu devenais comme nous, qu'est-ce qu'on deviendrait, nous ? Tu vas pas nous ressembler.

— Oui, qu'est-ce qu'on va devenir s'il n'y a plus que des voyous à Pantin ? je lui demande.

— On a besoin de médecins pour nous accoucher.

— D'avocats pour nous défendre.

— De politiques pour corrompre l'État en notre faveur.

— D'historiens pour fabriquer notre histoire.

— De mathématiciens pour enseigner des choses à nos enfants.

— Qu'est-ce qu'on va devenir si tu deviens comme nous ?

— Je comprends, gémit Lou. Mais Pauline, je ne peux pas devenir tout ça à la fois. Et puis, j'ai aussi besoin qu'un garçon m'aime.

— Deviens au moins quelqu'un de bien. Quant à l'amour, oublie. Il ne mène nulle part. Il suffit de nous regarder. Tu es une fille intelligente et tu as l'art de le faire savoir. Tu pourras un jour comme Sarkozy influencer des foules entières en leur racontant des bobards. Continue de travailler, d'affûter ton savoir et comme une flèche de le décocher aux connards. Je te prédis un grand avenir si tu contrôles tes pulsions.

On a raccompagné Lou chez elle en la culpabilisant. On lui a dit que sa maman devait la chercher. Qu'elle ne méritait pas cette tachycardie. Qu'elle lui avait permis d'avoir une enfance de rêve. Qu'il valait mieux pour nous qu'elle continue à avoir des lectures et des soupirs. Qu'elle continue à germer intellectuellement… et que c'est tant mieux pour notre futur. Il y a eu un sourire sur mes lèvres lorsqu'elle a enjambé la terrasse et refermé la fenêtre derrière elle. Je suis restée dans le noir à sourire encore, pensant que cette fille était du genre à éprouver des sentiments violents, à chercher le drame, mais que sa mère était capable de l'empêcher de foutre sa vie en l'air, alors que moi...

Cette nostalgie imbécile a réveillé en moi ce besoin d'enfance que j'ai découvert sur le tard : je suis rentrée me pelotonner sur le canapé de mademoiselle Mathilde.

13

Croix de fer, croix de mort, je vais retourner chez la psy sous la pression de mademoiselle Mathilde qui l'exige pour ma prompte guérison. Je déteste cette vieille peau et, jusqu'à présent, mon absentéisme répété à ses séances a eu raison de son obstination thérapeutique. Aujourd'hui, je suis obligée de me présenter devant elle, avec mes rêves, mes merdes cachées et mes boyaux à l'air à fin d'autopsie. Maman, coupable confirmée, est priée de m'y retrouver.

J'y vais donc en traînant les pieds, en m'assurant auparavant que mon esprit est en sécurité, que les voies qui conduisent vers mon intérieur sont bien fermées, qu'aucun recoin de ma personne ne va moucharder.

Le bureau de ma psy est situé rue Lépine dans un bâtiment carré et sombre. Son toit très pentu semble conçu pour permettre aux biles déversées par les patients de s'écouler. Une femme aux cheveux rouges pleurniche sur un banc. Je lui donne un Kleenex sans la regarder.

— Merci, me dit-elle.

Elle fouille dans son sac à la recherche de pastilles mentholées, trouve de vieux billets de Loto cochés.

« Merde ! Merde ! » dit-elle en reniflant de plus belle. Elle pleure d'avance à l'idée de balayer devant sa porte. J'ai envie de remonter la rue et de me perdre dans les sous-bois du jardin de Romainville, si difficiles d'accès.

C'est alors que la porte du bureau s'ouvre. Ma psy apparaît, souriante, montrant ses dents très écartées mais si blanches qu'elles réverbèrent le peu de lumière de la salle d'attente.

— Pauline ! dit-elle comme d'une bonne surprise. Entre, entre donc...

Puis elle se tourne vers la femme aux cheveux rouges en faisant tintinnabuler ses bracelets.

— Excusez-moi, madame Moreau. Je n'en ai pas pour longtemps.

Mes yeux restent fixés sur son pantalon beige bouffant à la taille et étriqué aux jambes. C'est curieux, mais le niveau culturel et le goût n'ont rien à voir. Ses muscles fins témoignent qu'elle ne mange que de la nourriture biologique, qu'elle fait du sport, a sans doute une maison dont chaque pièce est décorée selon un thème, et où les livres dans la bibliothèque sont si serrés qu'on ne peut pas les sortir. Elle peut se le permettre. Se faire payer rien que pour voir la crotte des gens, c'est pas bien fatigant.

J'ai pris place sur le divan et elle s'est assise sur une chaise, prête à me disséquer. Elle caresse la fourrure de sa chatte angora allongée sur ses cuisses et envoie paître ses longs cheveux dans son dos.

— Comme te sens-tu, Pauline ?
— Bien, bien, dis-je, et je pense : Tu m'auras pas.
— Je t'écoute...

Elle veut que je lui raconte ma métamorphose, que je lui décrive mes rêves, mes émotions, ces petits détails confidentiels qui expliqueraient mon inadaptation et le moyen de l'enrayer. Ce n'est qu'ainsi, a-t-elle coutume de dire, qu'elle pourra m'aider à me remettre sur les rails, à renouer avec le désir de vivre et de m'en sortir. Son nez en frémit de plaisir. J'ai l'impression d'être face à un vautour qui tournoie dans le ciel en attendant que je crève pour déchiqueter mes entrailles. Alors je dis :

— Mademoiselle Mathilde est gentille et douce. Je veux qu'elle m'adopte.

— Mais elle n'est pas ta mère, Pauline. Elle ne la remplacera jamais. Les liens du sang, tu comprends ? Personne n'y peut rien.

Mon visage s'est assombri. Je suis indignée et choquée qu'elle m'impose la loi de la nature qui n'est qu'un immense cauchemar.

— Ne me dis pas que tu y songes sérieusement…

Je regarde mes pieds, parce que je me sens au bord de l'explosion nerveuse. Je tends mes oreilles aux bruits extérieurs, une musique cubaine dans le cœur du jour, les aboiements d'un chien ou les pleurs d'un enfant capricieux.

— Tu ne vas pas guérir si…

— Je ne suis pas malade. Et même si c'était le cas, je n'ai pas envie de guérir.

— Pauline, regarde-moi. Les dix premières années de la vie d'un enfant sont déterminantes pour son avenir. Les expériences vécues sont capitales pour sa construction en tant qu'être humain. Tu comprends ?

— C'est si important que ça ?

— C'est vital. Dis-toi que tu n'es pas coupable. Tu es plutôt une victime. C'est ton beau-père, Dieudonné, qui est responsable de tes souffrances.

— Il ne m'a jamais fait de mal, vu ? C'est ma mère qui raconte n'importe quoi, vraiment, pour se justifier.

— Tu en es certaine, Pauline ?

Dieudonné m'a-t-il violée ? Je ne veux plus le savoir. Alors je me mets à lui dire n'importe quoi, du style : J'ai dérivé dans un clip de Michael Jackson et j'ai vu les six euros que maman dépose chaque jour au coin de la table pour nous sustenter, l'instant d'après, je me suis retrouvée dans la magnifique résidence de Madonna, j'ai uriné longuement dans sa piscine olympique et j'ai entendu ma mère crier : « Ça ne peut plus durer ! » Elle menace de nous frapper et de nous tuer avant de se suicider ou inversement de nous tuer et de marcher sur nos cadavres ensuite, mais c'est Madonna que j'ai vue, d'ailleurs, cette chipie a monté Fabien contre moi. « C'est la faute de Pauline, c'est elle qui a cassé ton jouet », lequel m'a secouée comme un prunier. Puis je ne sais comment, je me suis retrouvée dans le château de Beyonce qui s'en est prise à Hadja, ma chatte. Elle a mis une casserole d'eau sur le feu : « Je vais l'ébouillanter, cette chatte de merde ! » Puis, juste avant que j'aie la nausée, j'ai vu maman. Elle était abattue ; ses mains ont serré ses épaules comme si elle cherchait à se protéger de notre tyrannie. « Qu'ai-je fait pour mériter ça, Seigneur ? » Elle a titubé vers sa chambre, elle s'est allongée sur ses draps froissés et elle a dit qu'elle nous aime, que ses nerfs la tracassent, que nous devrions l'aider, c'est si difficile d'élever des enfants seule, puis, bercée par ses propres jérémiades, elle s'est endormie en pleurant. Nous l'avons bordée et, avant de quitter la pièce, nous lui avons volé sa recette de la journée.

— Très bien, Pauline, dit madame Freud en me dévisageant avec sympathie, parce qu'elle est convaincue que, grâce à son naturel extralucide, elle a réussi à extraire de mes propos incohérents un trait de vérité subaiguë. Il faut absolument que tu continues à suivre ta thérapie.

— D'accord, dis-je, impatiente de me débarrasser d'elle. Je peux m'en aller maintenant, madame ?

Quelqu'un frappe à la porte du bureau et, comme je ne dérive plus, je me suis mise à vibrer, mon cœur s'est emballé. C'est ma mère qui fait son entrée, aussi éblouissante qu'une star de porno dans son chandail rouge et sa jupe à mille plis qui ondoie. Il y a le chaos sous sa langue, je ne veux pas qu'elle l'ouvre, alors j'attaque :

— Maman ?
— Quoi ?
— Pourquoi ne m'aimes-tu pas ?
— Et toi ? Pourquoi me détestes-tu ? T'avais à peine sept ans lorsque t'as été raconter des mensonges à la police. Tu as failli m'envoyer en prison pour rien.
— Ce n'était pas des mensonges, maman. Tu nous frappais souvent. Et puis, c'est normal que je ne t'aime pas. Mais une mère qui n'aime pas son enfant, c'est pas normal.
— Quel toupet ! Tu fous ma vie en l'air ainsi que celle de ton frère et...
— J'ai rien fait de mal à mon frère.
— C'est à cause de toi s'il traîne.

— Moi ? Mais je suis plus jeune que lui ! Tu l'as oublié ? Fabien est mon aîné.

— Jeune, toi ? Laisse-moi rire…

Ma mère glousse déraisonnablement. Elle commence une phrase par « Seigneur », mais ne juge pas utile d'aller jusqu'au bout de sa logique et ravale une marmelade de mots inintelligibles. Madame Freud bois du petit-lait. Des angelots tournoient au-dessus de sa tête. Elle écoute les yeux vagues le couple mère-fille dans toute son horreur, de quoi donner du grain à moudre à tous les docteurs du tourment humain pendant des décennies.

— C'est de ma faute si t'as abandonné tes trois premiers enfants à l'Assistance publique, maman ? Comment s'appellent-ils déjà ? T'en souviens-tu seulement ?

Le visage de maman s'est congestionné. Sa colère est descendue de ses sourcils teints en blond jusqu'aux ailes de son nez. Ses yeux se sont étrécis et ses lèvres ont pris un accent très pessimiste. Ses trois premiers enfants ? Trois accidents dans son parcours de femme. Elle était jeune, mais après, elle nous a vraiment désirés. Elle était prête à aller cueillir le soleil pour nous, mais nous ne l'avons pas vraiment aidée. Des enfants sans cœur, toujours à lui faire du tort. Qu'est-ce qu'on voulait ? Sa mort ? Mais elle était déjà morte, désespérée, épuisée, mentalement au fond du trou.

Je nous trouve soudain aussi indécentes que des amants qui se touchent les organes sexuels en plein carrefour et se murmurent des « oh oui, oh non » au milieu de la chaussée. Je sors en courant comme une folle, de l'eau dans les yeux. La femme aux cheveux rouges renifle toujours lorsque je passe devant elle.

— Bon courage, je lui lance avant de m'enfuir de cet endroit pour ne jamais y revenir.

Des nuages blancs traversent le ciel et je sens comme une capitulation dans ma démarche traînante. Un chat saute précipitamment d'un toit et s'écroule sur le trottoir. Un jeune Blanc me bouscule en voulant me dépasser. Des souvenirs d'antan se frayent un chemin dans ma mémoire. Il neigeait ce jour-là et un vent froid dénudait les arbres. C'était peut-être le jour où j'ai blessé Fabien d'un coup de canif, je ne me rappelle plus. J'avais sept ans, huit peut-être. J'étais si petite qu'en levant la tête je voyais à peine la figure du policier assis derrière son comptoir. Des chaussures de flics résonnaient, des voix de flics résonnaient aussi : « Merde ! Sales cons ! » Je souriais car, d'une certaine façon, ce langage si familier de la rue désacralisait leurs pistolets et leurs menottes qui les obligeaient à se déplacer comme des obèses. J'ai pensé que ces flics sont des enfants de la rue qui partagent leurs clopes, rient à la perspective de coincer quelqu'un et se lancent en tas dans la bagarre. Puis ils reviennent bredouilles en se lamentant parce que les gangsters ne les ont pas sagement attendus assis sur le canapé du salon.

— Je suis venue faire une déposition, dis-je au policier assis derrière le comptoir.

Il regarda autour de lui comme s'il cherchait quelque chose, puis il continua à écrire. Une mouche voleta quelque part et se posa sur mon nez, je la chassai d'un revers.

— Je suis venue faire une déclaration, répétai-je.

Le flic regarda vers la porte, se pencha par-dessus le comptoir. Il neigeait, j'étais vêtue d'un pyjama blanc à rayures roses, j'étais frigorifiée et nerveuse.

— Tu as quel âge, mon enfant ? demanda-t-il en me faisant un sourire de circonstance.

— Je ne suis pas votre enfant, monsieur, et j'ai bientôt huit ans !

— D'accord... Assieds-toi. On va te recevoir.

Il y avait plein d'affiches glauques avec des numéros verts à appeler en cas de vol de portable, en cas de violences conjugales, en cas de maltraitance de l'enfant, en cas de ceci, en cas de cela. Une fatigue animale m'envahit, c'est à peine si je pouvais tenir ma tête droite, je ne la tenais plus, elle m'échappait.

— Alors, petite, comment tu t'appelles ?

— Pauline, dis-je en fixant la femme accroupie devant moi.

— Il se passe des choses chez toi, n'est-ce pas ?

— Oui.

— Tu peux m'expliquer... Viens avec moi.

— J'ai pas envie.

— T'as peur ?

— Non. J'ai pas envie, c'est tout.

Je suis repartie, mais ils sont venus à la maison. Ils ont mené une enquête et ils ont décrété que nous étions des désespérés, qu'il nous fallait une assistante sociale. Alors que je marche sur notre avenue principale, j'y repense et ma peau en tremble, mes jambes en tremblent, mon ventre en tremble. Quelle peur j'ai eue ce jour-là ! Je voudrais la communiquer à quelqu'un. Tiens, voilà deux prostituées entre deux âges. Et si je leur disais qu'elles sont laides ? Qu'elles vont crever d'une maladie sexuellement transmissible ? Qu'elles ont des genoux cagneux qui dépassent de leurs shorts indécents ? Qu'elles deviendront chauves ? Qu'elles ne devraient plus éclater de rire à cause de leurs caries ?

— Qu'est-ce que tu as à nous dévisager, hein ? me demande l'une d'elles en avançant ses grosses lèvres peintes d'orange vif.

— Tu veux une photo ? demande l'autre en battant des cils.

— Je fais déjà assez de cauchemars, dis-je. Non, sans façon.

— Répète ce que tu viens de dire, font-elles en s'approchant.

— Oh, rien. Je vous trouvais héroïques, c'est tout.

— Écoutez-moi ça ! Elle nous trouve héroïques. Et pourquoi donc ?

— Parce que vous permettez aux mecs de moins cafarder, c'est héroïque, je trouve.

— Fiche le camp, petite conne, crient-elles. Remue ton sale cul ! Bouge ton putain de derrière. Héroïque ! Héroïque !

J'ai continué mon chemin en me demandant pourquoi mademoiselle Mathilde m'aidait, pourquoi ces putes m'agressaient. Ah, si seulement j'étais écrivain, je me ferais vivre dans une famille de lord anglais. Maman et moi donnerions des ordres aux domestiques et mon frère soufflerait la fumée de son cigare dans les yeux de ses associés en buvant du Johnnie Walker. Les histoires qui fermentent dans mon cerveau deviendraient vraies et il n'y aurait aucune discordance avec la réalité.

Au détour d'une allée, je vois le docteur Benssoussian assis sous un saule pleureur. De dos, on dirait un vieux cheval fourbu qui attend qu'un passant généreux le récupère. Une valise noire entre ses jambes laisse à penser qu'il vient de rater un train ou qu'il est en partance pour une destination dont il a oublié le nom.

— Docteur Benssoussian, que faites-vous là ?

— J'ai quitté ma femme, ma petite Pauline. Je divorce.

— Comment ? je demande en battant des paupières. C'est un gros risque à votre âge, docteur !

— Ma vie est ratée, ma petite Pauline.

— Vous voulez vous suicider, docteur ? je demande en m'asseyant à ses côtés.

— Tout au contraire, dit-il, un sourire énigmatique aux lèvres.

— Et il me tend la rose accrochée à sa boutonnière.

— Sais-tu que j'étais fait pour le cinéma ?

Et il se met à pousser quelques cris semblables à ceux des Indiens d'Amérique dans les westerns lorsqu'ils scalpent les Blancs. Puis il imite Gabin, Fernandel et même James Bond : « Je m'appelle Bond, James Bond », le tout avec un accent de Pantin à couper raide. Puis il attend les ovations.

— Comment tu me trouves ?

— Pas mal, pas mal même, dis-je malgré moi. Mais de là à divorcer, le jeu n'en vaut pas la chandelle. Bien sûr que vous trouverez toujours une jeune fille affamée qui sera heureuse de vous aider à manger votre retraite. Mais l'amour...

— Voilà que tu raisonnes comme une adulte, dit-il, l'air déçu.

Alors, il s'est mis à me parler de sa vie et de pourquoi il l'avait ratée. Il connaissait le désert du Sahara et même celui de l'Arizona où il avait rencontré des riches aventuriers qui l'avaient entraîné dans leurs croisières jusque dans les bordels de Shanghai. C'était sa destinée de vivre en liberté et de jouer dans les grandes productions hollywoodiennes. Il n'arrivait pas à s'adapter à l'esprit français si petit dans ses aspirations, si terre à terre dans son quotidien.

— Peux-tu me dire comment mon épouse a réussi à anesthésier mes projets, à annihiler mes ambitions ?

Il a cherché mes yeux sans les trouver. Un silence est tombé et la solitude s'est installée.

— Voilà six heures que j'ai quitté la maison, dit-il en regardant sa montre. Crois-tu que ma femme est suffisamment inquiète ?

— Sûr qu'elle doit avoir l'âme de travers.

— Très bien, dit-il, satisfait. Il faut que je rentre.

Il s'est avancé dans l'allée en traînant sa valise, puis s'est tourné vers moi.

— Sais-tu ce qu'il y a de plus fort que l'amour, Pauline ? C'est l'habitude.

14

Pour la première fois, j'ai eu un 15 en mathématiques. M. Denisot a profité de cette réussite exceptionnelle pour faire la leçon de morale à toute la classe et mademoiselle Mathilde a été si fière qu'elle m'a ébouriffé les cheveux, « C'est bien, Pauline. » Puis elle m'a donné dix euros pour m'offrir un Macdo.

Du Macdo où je me trouve, je vois les gens aller et venir. Je me demande ce qu'ils font dans la vie, sont-ils célibataires, amoureux, pauvres, malheureux ou pleins de projets ? Sont-ils laveurs de cadavres ou se teignent-ils les poils du pubis ? Certains s'arrêtent devant la banque, introduisent leur carte bancaire dans le distributeur, regardent autour d'eux, inquiets, puis composent leur code secret. Ils tapotent le clavier, le tapotent encore et encore. Il se passe un long moment, comme un suspense : l'argent jaillit enfin. Leurs mains tremblent lorsqu'ils glissent les billets dans leur poche. Les pauvres ont une curieuse relation avec l'argent, je me dis. Ils perdent plus de temps que les riches à le gagner et plus de temps encore à réfléchir à comment ils doivent le dépenser.

Soudain, deux garçons portant d'énormes lunettes de soleil surgissent dans mon champ de vision. Ils regardent alentour, puis, l'espace d'un cillement, fracassent la vitre de la banque d'un coup de masse. J'enfonce les mains dans les poches de mon anorak et je serre les mâchoires pour ne rien perdre de la scène. Je veux devenir écrivain, c'est un métier d'observation, a coutume de dire mademoiselle Mathilde : « Il faut que tu trouves des gens et des situations qui s'imposent et que tu captes leur éclairage. » Des nuages jouent à saute-mouton dans le ciel. Un enfant suce un bonbon en tiraillant le manteau de sa mère. « Qu'est-ce qu'ils font les messieurs, maman ? » demande-t-il. Un groupe de ménagères déposent leurs sacs de courses entre leurs jambes et regardent le cambriolage, fascinées. « Quelle bande de couillons ! ne cesse de murmurer un adolescent aux yeux cernés comme ceux des noceurs. Ils ne gardent plus un radis dans leurs coffres de banlieue. » Derrière leurs lunettes larges comme deux mains, je reconnais Fabien et Nicolas.

La vitre de la banque s'est affaissée sur elle-même tel du papier mâché. Des débris de verre ont voleté sur le trottoir. On a tous regardé avec une sorte d'horreur mêlée d'émerveillement. D'une certaine manière, tout cela est trop réel pour être moche. Mais, lorsque Fabien et Nicolas ont achevé leur boulot, qu'ils n'ont plus rien eu d'autre à faire que sortir de la banque, une négresse aux nattes entortillées au-dessus de sa tête s'est précipitée sur eux. Elle a souri, a soulevé sa jupe en montrant l'intérieur de ses cuisses.

— Pour vous les gars, c'est quand vous voulez, où vous voulez, c'est gratos ! a-t-elle dit.

Nicolas l'a poussée si violemment qu'elle s'est retrouvée les quatre fers en l'air.

— C'est pas des manières, ça, pour des gentlemen cambrioleurs, rouspète-t-elle.

Une femme ivre a éclaté de rire. Sa gorge est si encombrée de glaires que son rire s'est noyé sous un gargouillis.

La police est arrivée en sirénant et avant qu'ils crient « Que personne ne bouge ! », des gens ont commencé à s'éparpiller : « J'ai rien vu. » Un flic alourdi de graisse s'est approché de moi en caressant ses cheveux gominés.

— J'ai rien à voir là-dedans, moi, dis-je.

— C'est juste pour un témoignage, rétorque-t-il précipitamment.

— J'ai rien vu.

Je l'ai regardé théâtralement dans les yeux l'espace de quelques secondes, puis j'ai tendu mes poignets.

— Allez-y, dis-je, embarquez-moi si vous voulez.

Il y a eu un temps mort, puis il a dit avec une certitude qui m'a glacée :

— Vous aurez de mes nouvelles, mademoiselle. Vous pouvez partir.

J'ai continué ma route en songeant à mon frère et à mon ex-amoureux qui sont passés allègrement des petits larcins aux gros coups, sans entraînement aucun. Un sentiment d'angoisse mêlée de fierté m'empêche d'avoir du recul, de porter un jugement sur ce qui vient de se dérouler sous nos yeux. D'ailleurs, les Pantinois agissent comme si ce cambriolage n'avait pas eu lieu. Ils se penchent à leurs fenêtres, m'expédient des sourires.

— Tu vas bien, Pauline ? Et l'école ? T'es sage, dis ?

Je réponds en me demandant si c'est l'œil qui prend la décision de capter telle ou telle image, ou bien si c'est le cerveau en quête d'excitation nerveuse qui lui en intime l'ordre. Je conclus en pensant que les adultes sont impertinents. Qu'est-ce que ça leur ferait si je leur demandais : « Alors tata, toujours accro à ton amant ou tu as enfin décidé de devenir une épouse fidèle ? » Je m'arrête, hume l'air en imaginant les cris d'orfraie que ma question aurait provoqués. Je ris au-dedans, j'aurais aimé écrire. J'aurais aimé faire ce métier, je pense, peut-être qu'alors j'aurais pu répondre à quelques questions qui me tarabustent. Ai-je déjà vécu ma vie ou est-elle encore à venir ? Mais tout au fond de moi, je ne veux pas le savoir. J'ai toujours adoré les imprévus, ce qui explique que j'aime la rue, m'y promener c'est ce que je fais de mieux, alors pourquoi y renoncer si, à la fin, je constate que, malgré mes efforts pour me soumettre aux desiderata de la société, j'ai quand même raté ma vie comme le docteur Benssoussian ?

Une voix chevrotante m'interpelle. De la transpiration suinte à la racine de mes cheveux. Je peux affronter les plus méchants animaux de la forêt, mais pas cette voix que le destin m'épargne depuis que j'habite chez mademoiselle Mathilde. Voilà notre concierge qui s'approche. Ses talons retentissent sur le macadam. Son gros manteau froufroute autour de ses énormes chevilles. Son corps est surchargé de vêtements et de courses qui tanguent lourdement à droite, puis à gauche. Elle me sourit jusqu'aux oreilles. Ses poils noirs au-dessus de ses lèvres se durcissent, le froid sans doute. Elle doit se croire très rafraîchissante, l'idiote.

— Tu m'aides, ma cocotte ? me demande-t-elle en déposant ses provisions devant moi.

Je fixe son visage couleur de taie d'oreiller sale, les coins de sa bouche luisants de salive, les taches de vieillesse qui constellent ses mains noueuses et ses yeux où percent ses minuscules pupilles noires.

— Tu te décides, oui ou merde !

Bonne femme répugnante, je pense en ramassant ses affaires. Je marche vite. Sa voix résonne, essoufflée par le rythme imposé par mes pas. Ses énormes seins semblent presque la tirer en avant.

— Les jeunes d'aujourd'hui ne respectent plus personne. T'as vu, Pauline, ce gamin m'a bousculée pour passer. Mais, qu'est-ce que t'as à marcher si vite, hein ? Tu veux me faire crever ?

Mes nerfs se hérissent. Une envie de la gifler ou d'envoyer choir ses courses me saisit. Je me contrôle pour profiter encore de cette aura d'adolescente persécutée par une répugnante sorcière.

— Tu ne vas pas m'abandonner ici tout de même ? demande-t-elle, horrifiée, lorsque je lui tends ses courses devant l'immeuble.

Puis, sans un mot, elle avance, m'obligeant à la suivre avec ses paquets.

Sa loge rose saumon est déprimante. Il y a bien sûr tous les meubles nécessaires au confort, mais ils ont l'air d'avoir été hérités d'une tante décédée ou ramassés dans les poubelles. À côté de la cheminée avec son radiateur à gaz, deux fauteuils en synthétique sont recouverts d'une grande nappe de laine faite au crochet. Une télévision en noir et blanc des années soixante-dix est posée sur une commode revêtue d'un velours marron. Au centre de la pièce, quatre chaises dépareillées entourent une table en Formica couleur moutarde. De chaque côté de la fenêtre donnant sur la rue, des rayonnages contiennent une quantité d'objets hétéroclites dits folkloriques, qu'elle a ramenés lors de ses séjours touristiques à prix cassés. Le long des murs, des photos, encore des photos jaunies ou en couleur, d'hommes en uniforme ou en cravate, de femmes à bicyclette ou riant dans des jardins, serrées les unes contre les autres.

— Les voleurs n'ont plus froid aux yeux de nos jours, dit-elle en refermant à double tour. L'idée qu'ils peuvent se faire coincer et finir en taule doit les exciter.

Elle ouvre la porte d'une cuisine dont la fenêtre est si haute que l'on ne peut voir que le ciel.

— N'attends pas d'excuses de ma part, Pauline, dit-elle en rangeant méthodiquement ses courses dans le frigo. Tu es née dans une famille de timbrés et je n'en démords pas.

— Mais qu'est-ce que ça peut vous faire que ma famille soit timbrée ? C'est pas vos oignons.

— Tu veux un chocolat ?

— Non, merci.

— Dans ce cas…, dit-elle en se servant un gros morceau de cake.

Elle retourne dans sa loge et s'assoit de manière à m'infliger sa laideur.

— Tu vois, Pauline, commence-t-elle, ta salope de mère a beaucoup de chance. C'est une vraie fille de pute qui aurait mérité de ne même pas posséder un paillasson où crever. Au lieu de ça, elle a tout pour être heureuse.

— Pourquoi vous dites ça ? Les hommes n'ont pas été gentils avec elle. Sa famille n'a jamais été gentille avec elle. Il n'y a pas de quoi pavoiser, madame.

— Ne prends pas sa défense, sinon tu vas le regretter. Je te dis qu'il vaut mieux voyager dans la vie accompagnée d'un saoulard comme mon regretté Edgard ou avec deux méchants gosses comme ton frère et toi, ou même avec un chien éclopé, que seule. Mais cela, ta pauvre conne de mère ne l'a pas compris.

— Si vous le prenez sur ce ton, je préfère m'en aller.

— Rosa aussi m'a dit la veille de sa mort qu'elle préférait s'en aller.

— C'est qui, Rosa ?

— Ma fille. Elle est morte. Une overdose.

— Je suis désolée.

— Garde tes salades pour ceux qui croient que tu as vraiment changé, pauvre idiote. Connais-tu le sens du vrai courage ?

— Dites toujours.

— On dit : « Je vous écoute, madame. »

— D'accord, madame. Je vous écoute, madame.

— Bien, Pauline.

Elle suçote sa langue, attrape à nouveau une tranche de gâteau qu'elle se met à mâchonner bruyamment.

— Le vrai courage, me dit-elle la bouche pleine, c'est de mener un combat jusqu'au bout, même quand on sait qu'on va le perdre. Toi, par exemple, tu sais que tu vas replonger dans cette vie de merde, pourtant tu fais tout pour te convaincre que tu as changé. Je te trouve très très courageuse.

— Merci, madame.

— À la mort de Rosa, j'ai cru que je n'allais pas lui survivre, mais me voilà assise là, à parler tranquillement avec toi. C'est magique, la vie.

— Si vous le dites, madame.

— Et tu le crois, grosse conne ? La vie n'est pas belle. Elle est sale et dégueulasse. Sais-tu que les guêpes pondent leurs œufs dans le corps des coccinelles, qu'ensuite la larve grossit en se nourrissant de la coccinelle vivante et qu'elle la ronge jusqu'à se frayer un chemin pour sortir ?

Elle se lève, décroche la photo d'une jeune fille sur le mur, qu'elle fixe longuement, puis elle me la tend.

— C'est Rosa. Tu as vu la bouche qu'elle a ? Elle avait une si grande bouche qu'elle aurait pu accoucher par là-haut, tu ne trouves pas ?

La Rosa avait des beaux traits, des grands cheveux châtains, des yeux marron, une bouche ample et humide.

— Elle n'avait que dix-huit ans quand elle est morte et par certains aspects, tu lui ressembles. Elle était très têtue et croyait à la liberté absolue. Mais le problème, c'est que, lorsqu'on refuse la stabilité d'un travail, d'un foyer, des enfants, un mari, ce qui est terrible, on finit quand même par se marier à l'alcool, au tapin ou à la drogue. C'est ce qui est arrivé à ma Rosa quelques mois avant que mon pauvre Edgard soit étouffé par un os de poulet.

— C'est pas gentil, madame, de parler ainsi d'une morte qui de plus est votre fille.

— Prends un morceau de cake et tais-toi parce que tu ne connais encore rien de la vie, me lance-t-elle d'un ton las.

— Non, dis-je. J'en ai plus qu'assez de votre méchanceté.

— Tu crois ? dit-elle en se tournant vers moi.

Des larmes dégoulinent le long de ses joues, elle veut que je m'apitoie sur son sort, que je constate que derrière la concierge à la langue purulente, il y a une pauvre femme avec des blessures au cœur.

— Vous n'allez pas me faire croire que vous êtes vraiment en train de pleurer ?

— Si, justement, Pauline. Et profites-en pour me consoler, car tu n'auras plus l'occasion de me voir dans cet état.

Je la regarde avec sérieux.

— J'ai trop de problèmes à résoudre pour consoler quiconque, madame.

— C'est sain comme démarche, dit-elle en reniflant. Il faut se sauver soi-même au lieu de tenter de sauver le monde. Tu iras loin, ma Pauline.

J'en ai assez de l'écouter, d'ailleurs je n'ai pas un sens de la déduction assez aiguisé pour la comprendre entièrement. Elle est pleine de rats crevés dans la tête et un de ces jours, elle va exploser.

— Je peux m'en aller maintenant, madame ?

— Bien sûr, ma petite Pauline.

15

La chose la plus dure à supporter dans ma nouvelle vie, c'est le rapport qu'entretient mademoiselle Mathilde avec mon temps. Elle l'a apprivoisé en le programmant de telle manière qu'elle m'empêche de divaguer, de suivre le cours de mes envies du moment, d'aller là où je pourrais éventuellement rencontrer un ours polaire en plein Pantin. 6 heures 45 réveil ; 6 heures 45-7 heures douche ; 7 heures 30-8 heures petit-déjeuner; 8 heures 05 départ pour l'école, et ainsi de suite jusqu'à l'heure du coucher.

L'après midi après avoir pris mon goûter à 16 heures, fait mes devoirs de 16 heures 30 à 18 heures, j'ai une heure de libre. Alors ce soir je suis sortie en courant de la maison pour rattraper le temps perdu, heureuse de humer l'air de cette fin de jour humide et âcre. Sur le trottoir, les gens s'empressent de boucler leur journée. Des bouchers peinent sous les quartiers de viande qu'ils portent sur leurs épaules. Une bande de jeunes surgit et va dans la direction opposée à la mienne. « On veut des réparations ! » hurlent-ils. Mais aussi : « À bas l'esclavage ! » Et encore : « Des Noirs au Sénat ! Des Noirs chefs d'État ! Des Noirs aux ministères ! Des Noirs… » Ils sont si excités qu'ils ne semblent pas me voir.

— Qu'est-ce qui se passe ? dis-je à Mina qui les regarde passer.

— T'es pas au courant ? me demande-t-elle, offusquée. Il y a réunion du comité des réparations. On va enfin les faire payer !

— Payer quoi et à qui ?

— Mais au gouvernement, ma vieille. Les experts ont fait des calculs nets et précis. Les Blancs nous ont esclavagisés pendant quatre siècles. Tu te rends compte, quatre siècles ! Cela signifie qu'ils nous doivent tellement d'argent que, s'ils nous remboursaient, plusieurs générations de Noirs pourraient ne pas travailler et buller peinards.

— Je n'y comprends rien. L'esclavage a été aboli depuis longtemps, non ?

— Ouais. Mais nos ancêtres ont travaillé, dit Mina. Ils ont construit la France. Ils doivent payer.

— Mais à qui ?

— Aux nègres, pardi ! dit Lou, qui nous a rejointes avec d'autres filles. En compensation des horreurs subies. Mais tout ceci est d'un primitif ! Ça fait œil pour œil.

— Alors, pourquoi tu vas défendre une cause si tu n'y crois pas ?

— Parce que la vraie vie semble toujours se passer ailleurs, loin de moi, pendant que je travaille, mange, lis et rêve du prince charmant dans ma jolie chambre rose, tu piges ?

— Oui, dis-je.

— Tu viens avec nous ? me demande Fouzia.

— Non. Mademoiselle Mathilde m'attend. Je ne veux pas qu'elle s'inquiète.

— Ça alors ! s'exclament-elles en éclatant de rire. (Elles reculent pour mieux m'observer :) Sans blague, t'as vraiment changé.

— J'essaye de me tenir tranquille. Mina, tu ferais mieux aussi, vu ton état. Tu pourrais accoucher en plein carrefour.

— Ça serait chouette, dit Lou. Ça a plus de gueule d'aller à l'hôpital dans un camion de pompiers que de prendre le métro.

Elles se mettent à parler des millions qui vont leur tomber dessus, magiquement. Elles disent qu'elles s'achèteront des jeans Dior, des tee-shirts Ralph Lauren, des rollers de chez Cerruti. Elles se sont éloignées, illusionnées par la belle vie qu'elles auront après les réparations. Je me sens étrangement dissociée de tout ce que je viens d'entendre, comme si un étranger avec qui je partageais un banc public s'était tourné vers moi et m'avait raconté sa vie intime.

Soudain, le ciel s'obscurcit et des trombes d'eau commencent à se déverser sur le sol. Les gens courent à la recherche d'un abri et moi aussi je cours. Des feuilles mortes s'envolent et le vent vibre entre mes jambes. Je vais me réfugier à *La Perle noire* et n'ai pas le temps de m'ébrouer que je vois Fabien et Nicolas attablés. Ils mangent des chicken-chikka et paraissent aussi heureux de vivre que des gens qui auraient échappé à la guerre de quarante et à Hiroshima.

— T'es belle, frangine, vraiment, dit Fabien en me faisant signe de m'approcher. Ta nouvelle vie te réussit bien à ce que je vois.

Je déteste son pantalon aux poches déformées, mais j'aime son sourire avec ses dents aussi éclatantes que des grains de maïs.

— Pour qu'une poule soit savoureuse, il suffit de l'isoler, dit le propriétaire de *La Perle noire* en passant sa langue sur ses gencives rouges. Plus longtemps vous la garderez enfermée, et plus elle aura la chair moelleuse.

— Boucle-la, vieux vicelard, dis-je.

— Viens, viens, fait Fabien. Nicolas a quelque chose à te dire.

— Je ne veux rien entendre.

— Il t'aime.

— Il n'a qu'à me le dire lui-même... De toute façon, j'en ai plus rien à foutre.

— Allez, gars, dis-lui que tu l'aimes. Vas-y, gars, ça ne tue pas.

— Elle le sait très bien, bredouille Nicolas sans lever la tête de son verre, comme si le son de sa propre voix l'embarrassait.

— Répète-le, j'ordonne.

— Quoi ?

— Répète-le.

— Pourquoi ?

— Parce qu'une femme n'en a jamais assez qu'on lui dise je t'aime ma nounou, je t'aime ma biche, je t'aime ma poulette, je t'aime ma cocotte, je t'aime mon bébé, *te quiero*, *I love you*, tu comprends ?

— Je te le répète.

— Quoi ?

— Tu le sais très bien. Je veux qu'on reprenne tous les deux, bredouille-t-il. Qu'on se marie un jour, qu'on ait trois ou quatre mômes.

— C'est maintenant à moi de répondre, Nicolas. Va chier. J'ai pas envie d'être l'héroïne d'un documentaire sur les femmes de prisonniers. J'ai pas envie de fréquenter les parloirs et de me faire sauter dans un coin parce que mon type est enfermé pour vol à main armée. L'autre jour, je vous ai vus à la banque. J'aurais une maladie incurable et tu serais le seul médicament capable de me guérir que je n'en voudrais pas. Mais peut-être qu'il plairait à Adélaïde d'occuper le poste que tu me proposes.

Des regards scandalisés se sont braqués sur moi. On dirait des pistolets et je sens les brûlures des balles sur ma peau. Ça fait tache, révolution, qu'une fille parle ainsi au futur caïd de la drogue, au prochain roi de la prostitution. Mon frère se lève, me bouscule.

— Tu perds la tête ou quoi, Pauline ? Depuis quand t'as plus de respect pour un mec, dis ? C'est cette foutue professeur qui t'a mis des choses dans la tête, hein ?

— Ne me touche pas.

Et avant qu'il puisse comprendre de quel côté souffle le vent, je lui ai flanqué un coup de genou entre les cuisses. Je sors au milieu des bourrasques de vent, sans jeter un regard aux passants qui courent sous la pluie, à ces amoureux qui s'abritent devant un restaurant. De l'eau mouille mes chaussures, trempe mon pantalon, il y a le plaf-plaf-plaf de mes pieds dans des flaques. Je n'en reviens pas d'avoir osé dire à haute voix ce que nul n'ose dire. Penser oui, c'est permis, mais à condition que rien ne filtre. Le plus incongru, c'est que j'aime toujours Nicolas, mais qu'est-ce que je veux donc de la vie ?

Mademoiselle Mathilde sort de la salle de bains, sa chevelure ruisselle sur son peignoir, une chevelure à présent, un paquet lourd comme du crin de cheval. Je suis trempée, j'ai froid, mais tout me semble harmonieux.

— Vous êtes très belle, mademoiselle, lui dis-je pendant qu'elle s'essuie les cheveux. Pourquoi vous ne vous êtes jamais mariée ?

Sans me répondre, elle me lance une serviette.

— Tu ferais mieux de te changer avant d'attraper la crève.

— Je nous prépare quelque chose, mademoiselle ? je demande, revêtue maintenant d'un pyjama rose. Un thé, par exemple ?

— S'il te plaît, Pauline. Merci.

Je mets de l'eau à bouillir. L'orage est passé. Un petit rayon de soleil apparaît dans les nuages épars. Les arbres se détachent sur le ciel avec netteté et les ombres se gravent dans le sol. Mademoiselle Mathilde a mis de la musique, une musique de vieux, comme une boîte de crayons de couleur, capable de vous faire croire au rayon vert. Assise en tailleur devant la chaîne stéréo, elle fume, ce que je ne l'ai jamais vue faire auparavant. Des nuages s'élèvent devant son visage, la cernent et la rendent impénétrable. Je lui verse son thé et dis :

— Il devait être très beau.

— Qui ?

— Votre prince charmant. Il est mort ?

Elle s'humecte les lèvres, lisse ses cheveux et laisse les bruits du jour s'éteindre.

— Il devait être idiot ou aveugle pour vous avoir abandonnée.

— Je me le suis souvent demandé. Enfin, il m'a laissé un mot.

— C'est la moindre des choses !

— Ouais. Mais il l'a laissé à côté de l'évier. Quand je suis revenue le soir, la lettre était trempée, donc illisible.

— Ce qui fait que vous ignorez le nom de celle qui vous l'a volé. Difficile dans ce cas de faire son deuil.

— Non, Pauline... La vérité, c'est qu'il avait le double de mon âge et qu'à cet âge-là les hommes pensent responsabilités, devoirs, obligations, habitudes. La vérité, c'est que je l'ai obsédé pendant quelques mois, qu'il a joui de cette obsession en se disant que l'été serait bref, que l'hiver viendrait et que, dès qu'il sentirait sa morsure sur sa peau, il m'oublierait. Voilà la vérité. Et si on dansait ?

On s'est mises à tournoyer dans la pièce au rythme d'une chanson de Claude François. Oui, amour, tu m'es nécessaire, enveloppe-moi de tes bras, oublie-moi dans tes profondeurs, je t'aime mon amour, t'es un mauvais garçon, mais je t'aime, ensemble montons au ciel tandis que la voisine torche son bébé, ramène le bout de tes doigts sur mes hanches, à quoi penses-tu ? Dis-moi à quoi tu penses ?

On a dansé jusqu'à ce que les traits de son visage se détendent, jusqu'à ce que la fatigue m'envahisse et que ma jambe la plus courte me fasse souffrir ; j'y sens des picotements, pourquoi n'ai-je pas eu l'idée de m'asseoir quelque part au cours de cette journée pour la masser ?

Dans la douceur nocturne, j'aide mademoiselle Mathilde à préparer le repas. J'épluche des pommes de terre tandis qu'elle retourne de temps à autre le rôti de porc pour qu'il ne sèche pas. Le crépitement de l'huile, la bretelle de son soutien-gorge qui a glissé sur son bras, l'odeur attirante des aubergines grillées me font penser que cette atmosphère ressemble étrangement à celle du bonheur. Je cours mettre le couvert quand la sonnerie du téléphone me fait sursauter.

— Décroche ! hurle mademoiselle Mathilde.
— Allô ?
— Pauline ? C'est maman.
— Je n'ai rien à te dire.
— Mais moi, j'ai des choses que je veux que tu comprennes. Ça ne peut pas te faire de mal de m'écouter.
— Vas-y toujours.
— Je sais que ça n'a pas été facile pour vous depuis un certain temps. Mais quand je t'expliquerai, ça va aplanir pas mal de choses entre nous. Sûr que j'ai commis des erreurs.
— Si tu le reconnais.
— Ce que j'ai à te dire est de la plus haute importance.
— À moi d'en juger. Dis toujours.
— Voilà, ton père n'est pas mort. Il est en prison.
— Quoi ?
— Il faut absolument que je rattrape un peu les choses avec Fabien et toi, hein ?
— En ressuscitant papa ?
— Écoute, Pauline. Tu as une drôle d'attitude. Ton frère aussi d'ailleurs. J'ai fait une grosse bourde en vous racontant que votre père était mort, mais je

pensais sincèrement vous protéger. Tu t'imagines si vos amis le savaient ? Vaut mieux avoir un père mort qu'un père délinquant, non ?

— J'en sais rien, maman.

— C'est dur, Pauline, pour une femme seule d'éduquer des enfants. Mais on a tous droit à une seconde chance, pas vrai ?

— J'en sais rien.

— Écoute, ma fille, il y a plein de choses dont tu ne sais rien, il y en a d'autres que tu ne devrais pas savoir, quoi que tu en penses. T'es encore qu'une gamine.

— Là, je peux te dire que je ne veux plus rien savoir, que je m'en fous.

— Passe-moi mademoiselle Mathilde.

— Elle ne veut pas te parler.

J'ai déposé le combiné sur l'appareil, levé la tête et croisé le regard de mademoiselle Mathilde.

— Qui était-ce ?

— Personne.

— Quelle que soit la personne, elle ne rappellera plus.

— Je sais.

16

Dès que j'ai été étendue seule sur le canapé-lit, j'ai mordu les draps. Mademoiselle Mathilde lisait dans sa chambre et je ne voulais pas qu'elle me voie pleurer. Des heures durant, j'ai pleuré, jusqu'à ce que le liquide lacrymal sèche sur mes joues en sel pur. Je pleurais parce que j'avais pris le temps de savourer la viande de porc très chaude, ne l'avalant que lorsque j'avais accumulé sur ma langue suffisamment de sensations, alors que ma mère venait de m'annoncer que mon père était un truand; je pleurais parce que j'avais été incapable d'éprouver la moindre compassion pour ce géniteur qui croupissait derrière les barreaux ; je pleurais parce que finalement je n'avais aucun ancêtre glorieux, rien, *nada, nothing, damlesé, yé àquapé.*

Demain, je mettrai le tailleur bleu marine, celui que m'a acheté mademoiselle Mathilde. Je l'accompagnerai dans ces réunions où, regroupés sous la lumière de la connaissance, des intellectuels refont le monde. Comme d'habitude, ils parleront des identités mutilées, des révolutions avortées, des malheurs des peuples opprimés, et moi comme les meubles j'écouterai ces hymnes au savoir sans rien y comprendre.

J'ai dû m'endormir car je me suis rendu compte que ma cervelle s'est remise à jacasser, je veux qu'elle se taise enfin, je veux la paix, non seulement en moi, mais tout autour de moi, une paix générale qu'aucune mère ne viendra briser. Je sens un poids dans mon cœur, des choses qui veulent me parler, je ne veux pas les écouter. Je sais qu'elles me liraient un livre avec des rimes écrites par un génie malveillant, celui qui torture les artères, noue l'estomac et vous oblige à vomir ; je ne veux pas tomber malade. Je regrette de ne pas croire en Dieu, je me jetterais au pied du lit, je réciterais des oraisons sans errata, l'Esprit-Saint m'aiderait à archiver mes doutes et mes angoisses. « Les gens qui ne croient en rien me font peur », a coutume de dire mademoiselle Mathilde. Elle a raison : j'ai enfilé mes pantoufles et je suis sortie sans faire de bruit.

Il fait vraiment froid. Noël est passé mais à Pantin, l'après-fête accentue l'aspect misérable de notre quotidien. On n'est pas sur les Champs-Élysées où les éclairages sont si abondants que des mois après, on peut oublier son chagrin rien qu'en les regardant. Chez nous, la mairie accroche aux réverbères des illuminations et des guirlandes si minuscules que, quiconque passe par ici, s'aperçoit que nos rêves tiennent dans la paume d'une main. D'ailleurs, depuis ma naissance, j'ai toujours vu suspendus aux lampadaires les mêmes petits bonshommes avec leurs paniers qui lancent six étoiles dans le ciel. Au fil du temps, certaines ampoules ont grillé et les petits bonshommes avec la moitié de leur corps illuminé, l'autre pas, la moitié des étoiles illuminées, l'autre pas, vous flanquent une dépression à vous expédier chez les fous. J'ai envie que quelqu'un me donne la main, me la serre, jusqu'à ce que la chaleur s'infiltre dans mes os. Oui mon amour, protège-moi, sauve-moi, Nicolas, sois heureux que je vienne vers toi, enlace-moi sans prononcer mon nom, je t'aime, je t'aime, *te quiero, I love you*, je pense à toi. Les stores des magasins sont baissés, il n'y rien à voir, même pas un de ces enterrements que j'aimais regarder enfant en m'imaginant que c'était maman qu'on enterrait. Je pleurais en me disant que puisqu'elle était morte, je m'appliquerais à être une bonne élève pour qu'elle soit fière de moi au paradis.

— Qui est-ce ?

La voix est agressive. Pégase n'ouvre jamais sans connaître l'identité de qui sonne.

— C'est moi... Pauline.

J'entends les cliquetis annonçant qu'il tire le verrou. J'entre en faisant le dos rond dans mon pyjama.

— T'as quelque chose à boire ?

— T'es bien pressée, petite. Assieds-toi d'abord et explique-moi ce que tu fais dehors à cette heure de la nuit.

Je prends place sur le canapé jaune avec des coquelicots. Je ferme les yeux et pose mes deux mains sur mes paupières pour les accoutumer à la lumière violente qui descend du plafonnier. Puis je demande :

— T'aurais rien de fort pour moi ?

— Je ne vais pas te servir un gin tonic. T'es trop jeune.

La bouche de Pégase sourit, ses yeux jaunes sourient aussi. On ne s'est pas vus depuis ce fameux jour où je me sentais aussi brouillée qu'une omelette et où il m'a mise dans son lit en espérant que... Mais qu'est-ce qui fait croire aux hommes qu'on aime baiser avec eux ?

— Après ce qui s'est passé entre nous, dis-je, je pensais qu'on pouvait être à l'aise ensemble, puisqu'on n'a plus à feindre.

— Ouais, mais c'est pas une raison pour te saouler la gueule, ma chère. Je serais un adulte irresponsable si j'acceptais de te laisser faire tout ce que tu veux.

— Sans blague !

— Une femme est femme à partir du moment qu'elle a ses règles, mais elle n'est pas femme en totalité, tu comprends ? Il y a des domaines dans lesquels une fille de quinze ans reste quand même une enfant.

— Impressionnant !

— Tu veux quoi ? Orangina ? Coca ? Je parie que tu penses que ces produits poussent dans les arbres.

— Juste un Coca, Pégase. Pas de leçon de sciences naturelles. Je déteste.

— Qu'est-ce que t'aimes alors ? La géopolitique ?

— Rien. J'en ai marre de tout. Marre de ce quartier de paumés. Marre de marcher dans les rues sans arriver nulle part, tu peux comprendre ça ?

— Ouais. C'est un problème de géographie.

— Tu peux arrêter de blaguer ? Je parle sérieusement.

— Je suis sérieux. Mais la géographie ne change rien, tu sais. On transporte ses misères partout où on va. C'est comme tous les négros qui quittent le bled pour venir chercher fortune en France. Ils se déplacent géographiquement, mais leur pauvreté les poursuit néanmoins.

— Mon cas est désespéré alors ?

— Mon propos n'est pas de t'encourager à vivre, mais de t'amener à comprendre le pourquoi du comment tu vis.

— Comment vivre quand tu crois que ton père est mort et qu'on t'annonce tout de go qu'il est vivant et en prison ?

— Qu'est-ce que cela veut dire ?

— Ça veut dire que je suis à cran, tu piges ? J'ai besoin de tuer quelqu'un.

— T'as choisi qui tu veux tuer ? Parce que la première chose à faire, c'est de choisir sa cible, puis son arme, puis le lieu et l'heure du crime. Ça, c'est une leçon de stratégie.

— Mon père. Il faut qu'il meure pour de vrai. C'était mieux avant quand je le croyais mort.

— Ouais. Rien ne t'empêche de le buter, tu sais ?

— C'est impossible. Il est en prison.

— Raison de plus.

— Comment veux-tu que je fasse, hein ? Il y a plein de flics autour de lui. Ils vont pas me laisser sortir mon arme.

— Je peux t'arranger ça.

— Sérieux ?

— Juré. Juste un instant.

Il a quitté la pièce et a ramené un couteau de cuisine bien affilé, ainsi qu'une poupée mâle. Ça se voit qu'il s'agit d'un homme à cause d'un os de poulet planté entre ses jambes. Il me les tend et me dit :

— Tue-le.

— Qui ?

— Ton papa. Bute-le.

Je frotte la cheville de ma jambe plus courte que l'autre et sans savoir ce que ma main compte faire, je soulève le couteau et je donne des coups et des coups. Chaque coup m'envoie tourbillonner dans un espace où l'air est plus vivifiant, où les gens parlent à haute voix et où des gouttelettes d'une pluie chaude éteignent peu à peu l'incendie dans ma poitrine. Puis je ramasse les morceaux de la poupée déchiquetée. Je les emporte dans la salle de bains et je les brûle jusqu'à ce qu'il n'y ait plus qu'une cendre noire.

— Tu dois maintenant rester fermée à ce passé, Pauline, me dit Pégase. C'est une leçon de psychologie, cette fois.

— Absolument.

Il s'est mis à me caresser le dos de ses mains chaudes tels des beignets, des mains sereines et résolues à me mettre à l'abri, à me sécuriser. Je n'ai plus qu'à m'abandonner à cet homme avec son nom ridicule, cet homme avec à l'extérieur de la chair et à l'intérieur des sentiments que j'ignore. Il m'entraîne dans sa chambre en étreignant mon ventre. Nous tombons entre les draps qui puent le moisi. Le plafond reflète nos corps entrelacés. Je me laisse faire comme un café dans sa tasse, il devient le maître du temps, de cette obscurité, de cette moiteur que son fanal perfore. Et mes hum... encore... oui... décuplent son désir de possession.

— C'est pour toi, souffle-t-il. J'ai rien d'autre à te donner. Ni bijoux, ni argent, ni château, ni maison à la campagne. Mais mon sexe, tu l'as à vie, c'est pour toi.

Sa masse se soulève, s'abaisse dans un mouvement poussif. C'est le conquérant noir qui prend possession de mes cuisses, de mes seins et de ma peau qu'il enveloppe. Puis il s'écroule.

On a dû sommeiller une pinte de minutes, car lorsque j'ouvre les yeux, il est penché sur moi et me contemple. Je vois dans son regard quelque chose qui ressemble à des larmes.

— Je savais que tu reviendrais, me susurre-t-il à l'oreille.

— T'as pas une cigarette ?

Pégase ramasse un paquet de Marlboro posé sur le chevet, le secoue, merde, il est vide. Il extirpe deux mégots d'un couvercle qui lui sert de cendrier, fouille ses poches à la recherche d'un briquet.

— Voilà. On est bien, dit-il en m'en donnant un, après l'avoir allumé. Je suis heureux. Je voudrais mourir dans ces moments-là.

— Arrête de frimer, lui dis-je. Personne ne veut mourir, pas même pour un instant de bonheur.

— Est-ce que tu veux sortir avec moi, Pauline ? Je veux dire te montrer avec moi, comme des vrais amoureux.

— Pourquoi ?

— C'est important. Ma famille et mes amis doivent savoir avec qui je suis. Je n'ai plus l'âge de me cacher ou de faire semblant. Il faudrait tirer la situation au clair avec Nicolas... Je suis certain qu'il comprendra... Je veux que tu m'accompagnes à des fêtes et au restaurant. (Sa voix s'élève à mesure que l'écho de ses exigences lui parvient :) Tu dois accepter, Pauline. À moins que tu aies honte de moi.

Je me contente de grincer des dents, parce que je ne sais pas si je dois enfiler mes vêtements et partir à toute vitesse ou me redresser et lui cracher au visage. Tu me vois me promenant dans les rues avec un vieillard de ton espèce, hein ? Tu me vois allant dans les dîners de vieux où tu parleras pour moi : « Pauline n'aime que les hamburgers... » Ou encore : « Ma Pauline adore *Prison Break*. » Heureusement que j'ai contrôlé la bête qui vit en moi et que le destin arrange quelquefois les choses, surtout lorsqu'on décide de ne pas réagir.

La porte de la chambre s'est ouverte sur Nicolas. Ses yeux sont en pagaille. Les veines de son cou enflent tant qu'on croirait qu'elles vont exploser. Il serre les poings, se mord les lèvres, et j'ai l'impression de ne pas être face à un être humain, mais à un tas d'indescriptibles pulsions.

— C'est quoi cette merde ! hurle-t-il.

— Calme-toi, dit Pégase. Je t'expliquerai tout.

— Mon propre père baise ma copine. Non mais, tu veux m'expliquer quoi ? Que t'as une plus belle queue que moi ?

Déjà, il baisse son pantalon pour comparer la longueur de leurs sexes respectifs.

— Dis-lui que t'aimes mieux faire l'amour avec moi ! hurle Nicolas. Dis-lui que t'aimes mieux sucer cette trique que son petit machin de vieillard.

— Ça suffit Nicolas, dis-je avec un sourire forcé.

Pégase plaque Nicolas, colle ses poings au mur de manière à lui barrer tout passage.

— C'est pas la dimension de ton sexe qui va rendre une femme heureuse, fiston. La question est :

as-tu assez de tendresse et de générosité pour la combler ? Est-ce que tu peux te mettre ça dans le crâne ?

— Garde tes réflexions pour toi, bande-mou, dit Nicolas en le repoussant violemment. T'as aucun conseil à me donner après ce que tu viens de faire.

Ils sont maintenant dressés, pieds contre pieds, tête contre tête, la poitrine nue de l'un frottant le tee-shirt aux inscriptions révolutionnaires de l'autre. Les mâchoires de Pégase se crispent tandis que les yeux aux éclats sanguins de Nicolas lui font perdre un peu de sa confiance d'adulte.

— Ce qui est fait est fait, Nicolas. Pauline et moi, on va se marier.

— T'es fou !

— C'est la réalité.

— Tu peux pas l'épouser.

— Ah, oui ? Et pourquoi ? Tu vas peut-être me l'interdire, non ?

Les épaules de Nicolas s'affaissent. Il a soudain l'air aussi vulnérable qu'une femme qui souffre d'ostéoporose, une à qui on peut aisément casser les os.

— Pauline ?

— Oui.

— Si tu t'approches à nouveau de mon père, je t'arrache la tête, tu piges ?

— Je n'ai plus rien à voir avec ton père ni avec toi, dis-je en me rhabillant.

— C'est-à-dire ? demandent-ils en chœur.

Je leur souris et respire, fourrage dans mes cheveux. Je souris et respire encore, fourrage dans mes cheveux. J'ai l'esprit suffisamment limpide pour savoir que ces deux hommes, l'un à la peau claire, l'autre noire comme minuit, concentrent en eux toute la sauvagerie d'une communauté noire en perdition. Je ne parle pas ici de la misère ou de la polygamie, mais de l'absence de contrôle de soi.

— Merci à tous les deux de m'aimer, dis-je en m'éloignant. Je ne vous oublierai jamais.

J'étais fière d'être disputée par deux hommes, j'en éprouvais une jouissance qui me rendait la vie plus belle, plus euphorique. J'oscillais entre une griserie légère et une hébétude totale. J'en oubliais presque mon père qui croupissait dans une prison. Mais qu'avait-il donc fait ? Était-ce bien à moi Pauline que ce bonheur d'être aimée advenait ? J'avais envie de m'accrocher aux étoiles. Cet état se serait sans doute prolongé si mademoiselle Mathilde ne m'avait pas attendue, enroulée dans un peignoir.

— D'où viens-tu ? Et surtout, depuis combien de temps sors-tu de la maison sans m'en informer ?

— Le temps, j'en sais rien. Mais j'ai dû pigeonner quatre ou cinq fois pour prendre un peu l'air.

— Tu ne respectes vraiment rien, n'est-ce pas, Pauline ?

— Je ne vois pas en quoi je vous manque de respect en sortant prendre l'air, mademoiselle. Il n'y a pas de quoi vous foutre en rogne.

— T'es sûre que tu ne vois pas pourquoi je suis en colère ? Non, ne dis rien. Vous, les petits de la banlieue, vous pensez que tout vous est dû. Que vous méritez qu'on vous aide au-delà du raisonnable, sans que vous ayez à lever le petit doigt ni à faire le moindre effort. Vous êtes convaincus que tout le monde doit se plier à vos désirs, parce que la société a été injuste avec vos parents et que ce n'est que justice si vous bafouez les règles et emmerdez tout le monde. Vous niquez tout, crachez sur tout, et c'est normal parce que vous êtes de la banlieue. Mais détrompe-toi, ma petite Pauline, ce petit chantage ne fonctionne pas avec moi. Ou tu te plies aux règles de cette maison ou du balai. Suis-je claire ?

Elle a traversé la pièce, j'ai entendu la porte de sa chambre claquer et je me suis dit que foutre le camp était la seule solution.

17

Mademoiselle Mathilde n'est pas du genre rancunier, mais avec elle, le compromis n'existe pas. Au début, nous lui avons donné du fil à retordre, mais très rapidement elle a su domestiquer les élèves dont peu de professeurs venaient à bout. « Je refuse d'entrer dans la psychologie de bas étage », a-t-elle coutume de dire. Elle est contre la révolution de 68 qui selon ses principes vous livre à vous-même. Elle ne trouve pas de circonstances atténuantes à ses élèves. Le milieu social ? Foutaises ! La violence qu'on nous sert abondamment à la télévision ? Foutaises ! Chaque humain a le choix de son propre destin. Il doit le tenir fermement entre ses dents pour ne pas le perdre. J'ai très vite compris qu'il conviendrait que je garde les pieds dans mes baskets, juste le temps qu'il faut, pour décider de ce que je vais bien pouvoir faire de mon existence.

Ce jour-là, elle a invité la classe au Louvre pour nous déshabituer des graffitis. Il pleut, mais le vent souffle si fort qu'on ne peut utiliser nos parapluies. On s'est engouffrés dans le métro en riant, en plaisantant, nous donnant des coups dans le ventre pour faire remonter les spaghettis bolognaise de la cantine.

« Tu veux que je te dise la vérité, Pauline ? » a crié une voix dans mon dos. « T'es qu'une pute ! » Et avant que je réagisse, sept voyous auprès desquels Nicolas a chanté ma traîtrise et ma vilenie m'encerclent. Il leur a dit que j'étais une pute, une briseuse de famille, une avec autant de moralité qu'un caca-poule, parce que j'ai baisé avec son père. Ils se répandent en injures sur ma tête. Salope ! Traînée ! Prostituée. Ils éructent, convaincus d'être des redresseurs de torts, les gardiens de la morale brigande en danger. Leur manière de gueuler ou de rouler les mécaniques en traînant les pieds tels des infirmes me semble de la frime. S'ils espéraient me transformer en une boule de peur, c'est raté. Mais cette théâtralité impressionne mademoiselle Mathilde. Son cœur tachycarde, elle s'interpose et oppose son courage à cette brutalité.

— Qu'est-ce qui vous prend, messieurs ? demande-t-elle, raide sur ses talons à tiges. Dois-je appeler la police ?

— Oh, oh la gô, on se calme. Personne t'a sonnée. Quant à toi, Pauline, tu perds rien à attendre.

Et ils s'en vont en sifflotant, les mains dans les poches de leur baggy. Mademoiselle Mathilde m'interroge :

— Qu'est-ce que cela signifie ?

Il y a un temps d'escargot entre nous. Je fixe le chômeur accroupi à la croisée des couloirs et condamné au cafard, puis la femme à la queue-de-cheval qui joue désespérément du violon pour qu'on lui donne un sou. Mais les gens l'enjambent sans un regard.

Je n'ai pas envie de m'expliquer sur une histoire qui, en ce qui me concerne, appartient à l'année dernière, même si elle date d'il y a deux semaines. D'ailleurs, j'ai trop de toiles d'araignées dans mon cerveau. Que faire de ce père qui surgissait sans crier gare ? Devrais-je en parler à Fabien ? J'ignore encore à quelle sauce manger cette information.

Le Louvre est un endroit d'une clarté surnaturelle. Les pupilles s'y dilatent et s'ouvrent telle une chrysalide. La lumière pénètre dans les tréfonds de l'être, s'immisce dans les grottes les plus secrètes de mes sens. Même mon cerveau en devient rouge d'excitation. Tant de beaux tableaux accrochés sur les murs juste pour le plaisir des yeux. Mes cils vibrent devant les Léonard de Vinci, les Rubens, les Picasso et même des inconnus. Sous l'onde de choc, chacun de nous réagit à sa manière : Lou pousse des « Oh » et des « Ah, chouette alors » ; Fouzia sautille, mélange l'arabe et le français : « C'est de la beauté pour les bourges, ça », ne cesse-t-elle de s'exclamer. D'autres élèves, dépassés par cette magnificence, en demeurent sur le flanc, bouche ouverte.

J'ai profité de la perturbation mentale générale pour fuguer. Ce qui explique mon retour à Pantin, seule. C'est une connerie, je le sais, mais je n'ai pas l'envie ou le courage d'affronter les questions de mademoiselle Mathilde. C'était qui ces types ? Que voulaient-ils ? Comment lui expliquer cette merde de carence affective qui m'a poussée à coucher avec Pégase sans réel désir ? Elle ne peut pas comprendre ces contingences indignes de son intelligence. Je marche vite, comme si j'étais surveillée par quelques assassins embusqués qui attendent le moment propice pour me tuer. Je suis affolée, mon ventre cogne, que vais-je bien pouvoir faire de toute cette liberté ? Sans amour, sans famille, mon avenir bée comme une maison sans toit livrée aux caprices des éléments. Mais où est donc Mina ? Plus d'une semaine qu'elle n'est pas venue en classe. Je marche, je marche, je ne sens pas le sol sous mes pieds, j'ai la sensation d'un malheur, il faut que je retrouve Mina, elle seule peut me donner assez de force pour me ressaisir, avant que mademoiselle Mathilde ne fasse fondre ma personnalité comme un cachet d'aspirine.

Mina habite rue Victor-Hugo, un de ces immeubles où la mairie parque des familles qui ne participent pas à la grandeur économique de la France. Je grimpe les escaliers et, à travers les murs en papier carton, j'entends un embrouillamini de voix, parents qui donnent des ordres aux enfants, enfants qui les contredisent. Sur le palier, je ferme les yeux et me prépare à mourir.

La maman de Mina a déjà soufflé cinquante-sept bougies. Elle porte toujours un voile et, quand il est permis de la voir, elle le défait avec un sens épouvantable du cérémonial. Le temps a mangé la couleur de sa peau en crottant sur son visage des taches jaunâtres ; des poches sous ses yeux laissent à penser qu'elle a subi autant de souffrances qu'elle en a infligé. Elle a un sourire à vous faire fondre, mais une langue capable de vous lapider une réputation à six mille tours-minute. Elle ouvre en faisant cliquer ses bracelets et ses amulettes. Je lui dédie un sourire, même une révérence, pour qu'elle ne se montre pas archaïque à mon encontre.

— Mina est malade, fait-elle.

Elle est sur le point de me demander de m'en aller, de ne pas perturber sa quiétude, lorsqu'un cri de bébé s'élève. Je la dévisage, l'air un peu égarée.

— Mina a accouché ? je demande, excitée.

— Mina ? interroge-t-elle, surprise. Pour accoucher, Pauline, une femme doit d'abord tomber enceinte. À ma connaissance, Mina est vierge. Ahmadou est mon dernier-né.

— Le tout dernier, renchérit le père de Mina, affalé devant la télévision. Je n'en veux plus. Des enfants à notre âge, c'est épuisant.

Ils vibrent à l'unisson, mentent comme des frères siamois, simulent le miracle de façon si innocente que j'en ai des migraines. L'espace d'un cillement, j'en viens à douter d'avoir vu Mina enceinte et exténuée par son état.

— Je peux voir le bébé, madame ? je demande avec un sourire qui fait fondre sa carapace.

Le bébé est dans un couffin et j'enfonce délicatement un doigt dans son poing fermé en me disant que ça serait extraordinaire pour la courbe démographique française, si des femmes ménopausées pouvaient avoir des enfants. Grâce à elles, la population rajeunirait et les politiques ne se feraient plus de mauvais sang pour la retraite des soixante-huitards.

Et la maman de Mina, tout émerveillée, chante une berceuse à Ahmadou, s'extasie sur sa beauté, lui raconte l'histoire du passé pour qu'il sache qu'il appartient à la grande lignée des Malinké, même si son quotient intellectuel est encore en germination. Je rejoins Mina, me disant que cette famille possède l'amour, ça oui, et un sens aigu du camouflage

La chambre de Mina est blanche. Nue aussi, à part

une grande armoire et des vêtements éparpillés sur le lino. Elle est sereinement allongée et rien qu'à voir ses mamelles gonflées de lait, on s'aperçoit qu'elle vient de jouer la scène originale, les cuisses écartées, qu'elle a connu la poussée héroïque, qu'elle a souri lorsqu'elle a entendu le baigneur tout sanguinolent brailler, annonçant qu'il avait bien l'intention de vivre.

— Comment tu te sens ?

— Fatiguée, miss. T'as vu mon petit frère ? Il est beau, n'est-ce pas ? C'est mieux ainsi, me dit-elle. Ils l'élèveront bien mieux que moi, pas vrai ? Il ne souffrira pas de carence de soins parentaux. Mes parents me donnent l'opportunité de me refaire une virginité et de me trouver un bon mari musulman.

— Si c'est ton choix. Je n'abandonnerai jamais mon enfant.

— Que veux-tu que je fasse ? Je n'ai pas de travail, pas de maison à moi, que veux-tu que je fasse ?

— T'as raison. Il faut être suicidaire ou con pour braver les préjugés et les convenances

— Puis on a assez fait de conneries, pas vrai ?

— Mon père n'est pas mort, Mina. Il est en prison, dis-je précipitamment, comme si en parlant vite, je pouvais ne pas ressentir le poids de l'humiliation.

— Super ! Tu vas aller le voir ?

— Jamais ! Pour lui dire quoi ? Je ne le connais pas.

J'ai regardé par la fenêtre les arbres que l'hiver a dénudés, puis le ciel, difficile à interroger à cause des nuages.

— Maman n'aurait jamais dû le ressusciter, dis-je. Enfant, je rêvais de lui, je l'imaginais en avocat des causes perdues, puis il m'a échappé au fil des années, filé entre les doigts comme du sable, je n'ai jamais voulu en parler, même pas à la psy, tu comprends ? Et le voilà brusquement vivant, pas mis en lumière mais en prison, et je ne sais pas quoi en faire. Cette vérité-là a une gueule à faire peur. Maman aurait dû la garder dans les catacombes de son cœur.

— Et ton frère ? Qu'est-ce qu'il en pense, lui ?

— Je ne sais pas. On n'en a pas encore parlé.

— Ta famille est vraiment très très spéciale, dit-elle en se mettant à rire de manière inconsidérée.

Et je ris moi aussi, proteste un peu pour la forme, ris encore. Et on décide de porter un toast à l'amitié, aux bébés qui ont des grands-mères pour mères, aux pères qui sont morts et puis qui ressuscitent, aux amours qui renaissent. Au milieu de cette fausse allégresse, mon portable sonne. C'est Nicolas qui doit en baver, qui veut être sûr d'être aimé ou qui perd la tête, a peur d'être expédié dans une maison de correction. De quelle couleur est la peur ?

— Pauline ? Mais où es-tu ?

— Comment allez-vous, madame Jamot ?

— Pauline, il y a quelque chose de très grave qui est arrivé. Ton frère. Fabien. Il a été assassiné.

— Vous... vous devez vous tromper, madame.

— Non, Pauline. Tu ferais mieux d'aller voir ta maman.

Je me tourne vers Mina, je tremble, les battements de mon cœur résonnent dans ma tête, je suis mal, ça va de plus en plus mal, j'ai un nœud à l'estomac, une boule dans la gorge.

— Qu'est-ce qu'il y a, Pauline ? me demande Mina.

— Fabien a été tué, mais c'est pas très grave.

Peut-être a-t-elle poussé un cri d'horreur, ça va vraiment très mal, ma vue se brouille, peut-être que ses parents ont essayé de me calmer, de me donner un verre d'eau ?

— Fabien est mort, c'est pas très grave.

Je dévale les escaliers, j'ai un vertige et, avant que j'arrive en bas, je dégueule d'interminables minutes, et cette souillure jaillie de mes entrailles éclabousse mes baskets. Puis je m'avance jusqu'au trottoir et là, je cours, je cours vers ma mère, c'est incroyable le fantastique désir que j'ai de la rejoindre, de l'étreindre, de lui dire combien je tiens à elle.

Maman m'ouvre et se tient immobile, bras croisés. Je me jette dans ses bras, appuie ma tête sur ses seins, ses seins qui m'ont allaitée, jusqu'à ce que je sente sa poitrine s'abaisser, se soulever : elle pleure.

— Je n'ai pas été à la police pour me plaindre de toi, maman, dis-je.

Je regarde ses yeux rouges de larmes, il y a à l'intérieur un puits profond d'amour et, une fraction de seconde, j'ai failli être noyée de lumière. Mais elle m'a repoussée, m'a tourné le dos. Je me sens si humiliée que je la suis, disant :

— On en avait assez que tu changes de mec tout le temps, maman. Marre de tous ces types qui s'installaient, bouffaient ton salaire et disparaissaient. Quand Dieudonné est venu, on l'a aimé parce qu'il jouait avec nous, même s'il nous engueulait pour qu'on aille à l'école, on voulait bien qu'il soit notre papa. Mais un jour, alors qu'il n'était pas à la maison, tu as fait venir quelqu'un, maman. Tu te souviens ? Un grand roux avec des cheveux noués en chignon sur sa nuque. Je vous ai vus à travers la serrure, ne mens pas. J'ai cru que Dieudonné n'allait pas revenir et ça m'a foutu le cafard. C'est pour ça que je suis allée à la police, tu comprends ?

Elle a claqué la porte de sa chambre, comme un acte de désespoir, tant pis pour la consternation qui se peint sur mon visage. Je comprends qu'elle poursuit son malheur qui consiste à donner de l'indifférence autour d'elle, c'est une manière comme une autre d'exister.

Je me dirige lentement vers ma chambre, comme si mes jambes avaient besoin de réfléchir. Il faut que je lui parle de Fabien, mais je ne peux pas, je n'arrive pas à y croire, Fabien ne peut pas être mort, c'est mon frère, dix-sept ans n'est pas un âge pour mourir. Tandis que les Pantinois glacés d'inquiétude se téléphonent pour avoir des détails sur le meurtre de Fabien, qu'ils se suçotent la langue avec ce règlement de comptes entre gangsters, je pleure mon frère si jeune, si vite mort sans laisser une trace, même pas celle d'un enfant en qui j'aurais pu reconnaître ses traits. Mon frère est mort, je ne suis que chagrin. Des larmes jaillissent de mes yeux, intarissables, m'inondent jusqu'à l'os, jusqu'au moindre globule rouge. Des jours et des nuits, je pleure, bois mes larmes, me mouche. Des souvenirs de nous enfants m'assaillent. Je me souviens de nous jouant à cache-cache dans la maison ou nous disputant la télécommande. Nous encore nous éclaboussant dans la salle de bains ou courant dans le jardin en riant. Nous toujours, ce premier jour d'école, nous serrant l'un contre l'autre, refusant d'être séparés. Je pleure le Fabien turbulent, agité, violent, mais également mon protecteur, que j'ai connu, que j'ai aimé. Je pleure l'homme qu'il n'est pas devenu, celui que je ne connaîtrai jamais. Je pleure. Je n'ai plus de frère. Je suis seule au monde et je me cogne à son souvenir partout où mon regard se pose. Je vois ses locks, ses grands yeux qui semblent disséquer les choses et ses doigts aux ongles très roses. J'ai envie de sortir, de courir, afin que le vent disperse son souvenir, mais je ne peux pas. J'ai gueulé, insulté le Bon Dieu afin qu'il me le rende, mais il m'a ri au nez. Alors j'ai pleuré, jusqu'à ne plus savoir pourquoi je pleure, jusqu'à comprendre qu'il est vraiment doux d'avoir un frère à soi, même si ce frère est un fou, un assassin ou un dealer. J'ai pleuré jusqu'à penser qu'un jour je vengerais sa mort, j'ignore dans quelles circonstances ma vengeance s'exprimera, mais je tuerai ceux qui ont lâchement assassiné mon Fabien. Je découperai leurs tripes et les donnerai à manger aux chiens pour qu'ils comprennent qu'on ne tue pas pour une simple histoire d'argent ou de drogue. Je piétinerai leurs cadavres pour qu'ils désapprennent la violence. Je brûlerai le reste de leurs corps jusqu'à ce qu'ils se transforment en cendres d'amour. Je les éparpillerai aux quatre vents afin que tous les garçons du monde les aspirent et deviennent aussi doux et sucrés qu'un pied de canne. Alors seulement je vivrai le restant de mes jours tranquille et apaisée, mais ce n'est qu'un projet, difficile à exécuter.

Au cimetière, nous étions tous très élégants, en noir, et j'essayais de cacher mes tourments. Fabien me manquait et ce vide m'envahissait. Nos voisins étaient présents pour nous soutenir ou pour se souvenir des êtres chers qui ci-gisent. On avait tous l'air très graves. La concierge pleurnichait : « Je l'avais prédit : qui sème le vent récolte la tempête. » Le docteur Benssoussian, pendu au bras de sa femme, murmurait des paroles inaudibles. Grand-mère aussi avait fait le déplacement avec une énorme couronne que mes oncles et tantes s'étaient cotisés pour acheter « À notre cousin et neveu bien-aimé », tu parles. Même Dieudonné s'était déplacé pour l'occasion. Il était plus petit que dans mon souvenir. Il a embrassé maman sur les joues, a frotté mon épaule : « Courage. » On voyait à ses vêtements, à l'alliance à son doigt, qu'il avait tiré le rideau sur la déprime et s'était refait une réputation. Les voyous de Pantin s'étaient mêlés à la foule. Ils étaient si abattus que leur agressivité semblait enfermée dans leurs corps, cadenassée. Juste un coup de blues, un drame qui ne les décourageait pas, bien au contraire. Un fantassin était tombé sur le champ d'honneur, il serait remplacé. Même détermination. Même jusqu'au-boutisme. Même violence derrière les paupières baissées. Seul Nicolas répétait inlassablement : « Je lui avais pourtant dit de faire attention à ces types. »

À la fin de l'enterrement, j'étais hagarde, perdue. J'ai glissé ma main dans celle de maman, elle s'est dégagée.

— C'est pas le moment ni l'endroit, a-t-elle dit.
— Tu n'as jamais fait de conneries, maman ?
— Toutes.
— Alors, pourquoi n'arrives-tu pas à comprendre, à me pardonner, à te pardonner ? Nous ne sommes plus que toutes les deux. On pourrait se serrer les

coudes et rendre mutuellement nos vies un peu moins dures.

Elle s'est éloignée sans qu'une réponse surgisse de ses lèvres. Mademoiselle Mathilde s'est postée à mes côtés, ensemble on a regardé maman partir, une deux, une deux, gauche droite, acceptant des condoléances retardataires, acceptant une cigarette, forçant un remerciement, un peu molle, respirant moins bien qu'autrefois, fatiguée déjà de la vie, balançant la graisse de ses hanches jusqu'à ce que sa silhouette disparaisse derrière un arbre.

Mademoiselle Mathilde m'a pris la main et j'ai pensé qu'il me faudrait du temps pour écrire le livre de ma mère. Peut-être aurons-nous l'occasion un jour de nous dire je t'aime, tu me manques, ne prends pas froid, tu as une drôle de voix, tu es sûre que ça va, tu as faim, je t'aime. Peut-être n'aurai-je pas le temps tout simplement de coucher sur le papier toute cette tendresse qui manque d'air, cet amour que nous nous évertuons à enfermer dans nos tripes. Peut-être que je n'écrirai jamais le livre de ma mère. Alors tant pis.

Pantin, 11 février 2008.

Du même auteur :

AUX ÉDITIONS ALBIN MICHEL

Le Petit Prince de Belleville
Maman a un amant, Grand Prix littéraire de l'Afrique noire
Assèze l'Africaine, Prix Tropique – Prix François-Mauriac de l'Académie française
Les Honneurs perdus, Grand Prix du roman de l'Académie française
La Petite Fille du réverbère, Grand Prix de l'Unicef
Amours sauvages
Comment cuisiner son mari à l'africaine
Les arbres en parlent encore
Femme nue, femme noire
La Plantation
L'homme qui m'offrait le ciel
Les Lions indomptables

Chez d'autres éditeurs

C'est le soleil qui m'a brûlée, Stock
Tu t'appelleras Tanga, Stock
Seul le diable le savait, Le Pré-aux-Clercs
Lettre d'une Africaine à ses sœurs occidentales, Spengler
Lettre d'une Afro-Française à ses compatriotes, Mango

Composition réalisée par PCA

Achevé d'imprimer en octobre 2011 en France par
CPI BRODARD ET TAUPIN
La Flèche (Sarthe)
N° d'impression : 65904
Dépôt légal 1re publication : novembre 2011
LIBRAIRIE GÉNÉRALE FRANÇAISE
31, rue de Fleurus – 75278 Paris Cedex 06

31/6023/1